匠心 | 品质 | 经典 | 阅读

如梦似幻，凄美动人。情之所至，跨越生死。

怪谈

[日] 小泉八云 著
王延庆 译

北方联合出版传媒(集团)股份有限公司
万卷出版公司

ⓒ 小泉八云 2020

图书在版编目（CIP）数据

怪谈 /（日）小泉八云著；王延庆译. —沈阳：
万卷出版公司，2020.8
　ISBN 978-7-5470-5360-7

　Ⅰ.①怪… Ⅱ.①小… ②王… Ⅲ.①民间故事—作品集—日本Ⅳ.①I313.73

中国版本图书馆CIP数据核字（2020）第071664号

出 品 人：	王维良
出版发行：	北方联合出版传媒（集团）股份有限公司
	万卷出版公司
	（地址：沈阳市和平区十一纬路25号　邮编：110003）
印 刷 者：	辽宁泰阳广告彩色印刷有限公司
经 销 者：	全国新华书店
幅面尺寸：	145mm×210mm
字　　数：	180千字
印　　张：	8
出版时间：	2020年8月第1版
印刷时间：	2020年8月第1次印刷
责任编辑：	胡利
责任校对：	张兰华
装帧设计：	李英辉　史丹
ISBN 978-7-5470-5360-7
定　　价：	42.80元
联系电话：	024-23284090
传　　真：	024-23284448

常年法律顾问：李　福　版权所有　侵权必究　举报电话：024-23284090
如有印装质量问题，请与印刷厂联系。联系电话：024-86255551

目录
CONTENTS

无耳芳一　001

鸳鸯　013

阿贞的故事　016

乳母樱　021

计策　023

镜与钟　026

食人鬼　032

貍　038

辘轳首　041

被埋葬的秘密　052

雪女　056

青柳的故事　063

十六樱　074

安艺之介梦游记　076

幽灵瀑布的传说　084

茶碗之中　089

常识　094

生灵　099

阿龟的故事　104

蝇的故事　110

忠五郎的故事 …… 115
牡丹灯笼 …… 123
碎片 …… 148
振袖和服 …… 151
因果的故事 …… 155
天狗的故事 …… 161
和解 …… 167
普贤菩萨的传说 …… 172
骑尸体的男人 …… 176
守约 …… 180
毁约 …… 185
阎罗殿内 …… 194
果心居士的故事 …… 199
梅津忠兵卫 …… 208
兴义法师的故事 …… 213
镜之少女 …… 220
伊藤则资的故事 …… 227

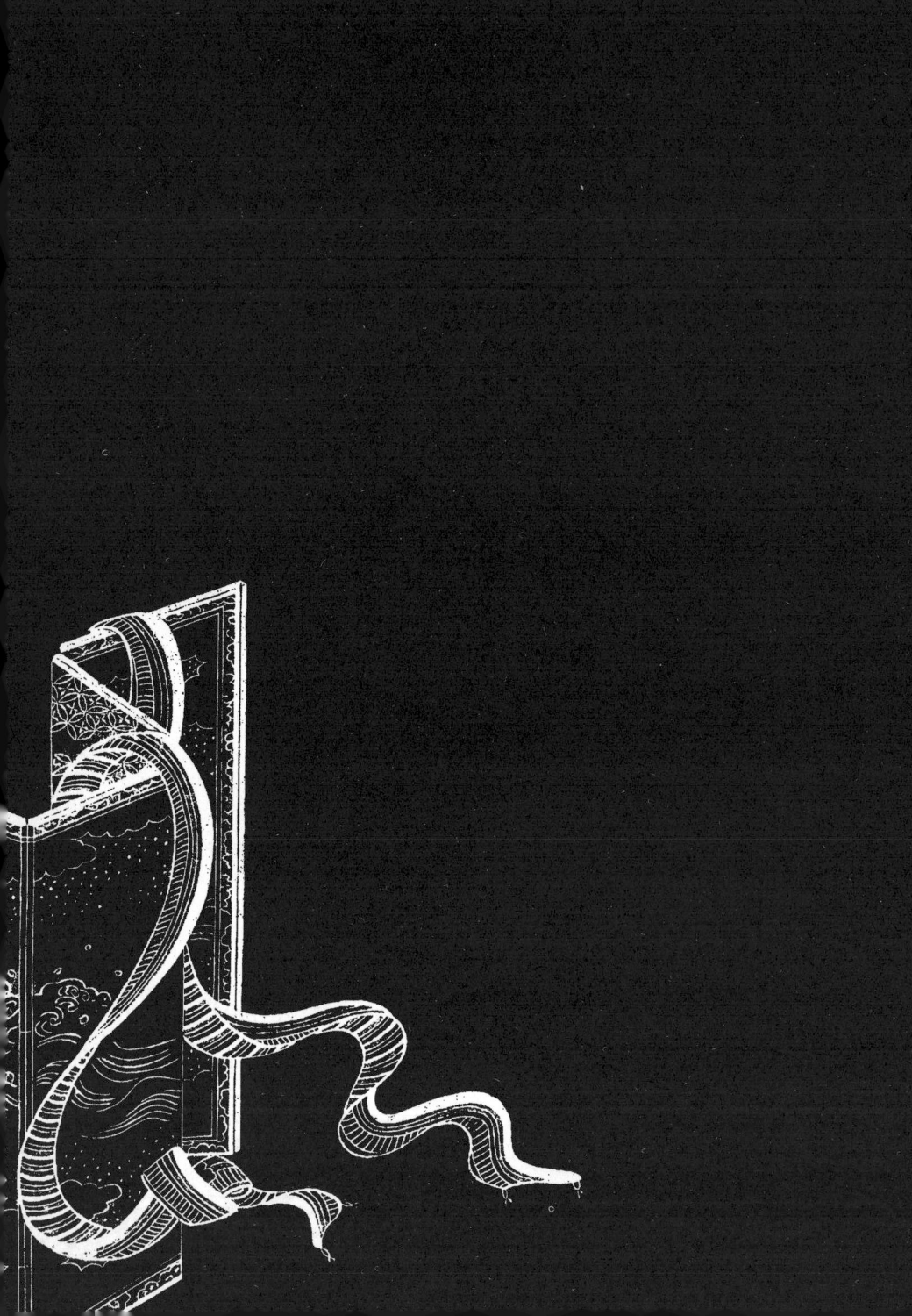

无耳芳一

距今七百多年以前，在下关海峡的坛之浦，长期争霸的源氏家族和平家家族，在此进行了最后一场殊死搏斗。结果以平家失败告终，幼帝安德天皇及平家的男女老幼全部死于那场决战当中。此后的七百余年间，平家的亡灵就一直在这一带附近的岸边游荡……。我在另一本书中，曾经讲到过坛之浦地区的一种奇妙的蟹，它们被称为"平家蟹"，背上生有类似人脸的花纹，传说那便是平家武士的亡灵所变。此外，在这一带海边还流传着一些奇怪的事情。每当夜幕降临，上千道阴森可怕的火舌在岸边跳跃，或在海面上飞舞。那火舌冒着青光，渔民们称之为"鬼火"或者"魔火"。每当刮起大风时，海面上就会传来阵阵呐喊声，仿佛战争就在眼前。

据说早前，平家亡灵比现在更加猖獗。它们会在夜晚出来，将航行到这片海域的船只推翻，使之沉入大海；或者抓住在海里游泳的人，将他们拖入海底。为了安抚这些亡灵，人们在赤间关修建了阿弥陀寺，还在寺庙附近的海滨开辟了一处墓地，同时在墓地里竖立了几座石碑。人们在碑上刻上在这一带投海而亡的天皇以及天皇主要家臣的名字，并定期为他们举办法事活动。自从建起了寺庙和墓地，那些平家的亡灵再也不像从前那样肆意骚扰了。只是不时地，那里还会出现一些奇怪的事件。这说明平家的鬼魂并没有因此而完全平复怨气，就此安息。

  数百年前，在赤间关地区居住着一位名叫芳一的盲人，以绝妙的琵琶演奏和说唱技艺闻名于世。他自幼时起开始学艺，年少时技艺便已超过了师父们。长大以后，芳一便以琵琶法师一职安身立命，并因擅长说唱源氏与平家的故事而扬名。据说当芳一吟唱起坛之浦战歌时，连鬼神都为之动容，泪流不止。

  在以琵琶法师立业的初期，芳一着实饱尝了贫困给他带来的痛苦，然而幸好还有友人热心帮助他。阿弥陀寺的住持爱好诗歌和音乐，时常邀请芳一来到寺中弹奏吟唱。他对这位年轻人的惊人技艺十分钦佩，索性邀请芳一搬到寺庙里居住。芳一很感激并接受了邀请，于是住持给芳一腾出了一间房子，让他每天吃住在寺庙里。到了晚上，一有空闲时间，芳一便弹奏起琵琶来为住持助兴。

  一个夏天的傍晚，住持被邀请到一位过世的施主家做法事。小徒弟也随着住持同行，寺庙里只留下了芳一一个人。炎热夏天的夜晚，盲人芳一在卧室前的檐廊下乘凉，檐廊面朝阿弥陀寺后面的一个小院子。芳一只身一人,边弹着琵琶边等候师徒二人归来。可是过了半夜,仍不见住持回来。卧室里热得令人透不过气来,芳一索性一直在外面等候。这时,芳一听到后门传来了一阵脚步声,不知道什么人穿过后院向檐廊处走来。那人在芳一的面前停下了脚步——他并不是住持。

突然,那个人毫不客气地像武士对待下级一样,用沉闷的声音叫出了盲人的名字:"芳一。"

芳一大吃一惊,一时间不知道如何是好。于是,那声音再一次重重地喝道:"芳一!"

"是。"盲人芳一心里惊慌,顺着对方的声音回答道,"我的眼睛看不见,不知是哪一位在唤我的名字?"

"你不必害怕。"那个陌生人说道,语气比先前有所缓和,"我就住在这寺庙附近,奉我家主公之命给你捎来口信。我所侍奉的主人,是一位身份极为显赫高贵的大人,此次携家臣而来,是为了参观坛之浦大战的古战场,现在一行人就住在赤间关。听说你擅长说唱那场大战的故事,故此请你前去献艺。请你立即带上琵琶,跟在我的后面去主公下榻的公馆,诸位尊贵的客人已经在那里等候。"

那个年代,武士的命令任何人也不得轻易违抗。芳一只好穿上木屐,带着琵琶,和陌生人一起离开了寺庙。武士在前边引路,芳一紧紧地跟随在后面。武士的手牵着芳一的手,芳一感觉那武士的手像铁块儿一样坚硬。武士每走一步，身上都会发出一阵金属撞击的声音，似乎披着一身盔甲——应该是哪位公卿贵族的护卫武士。芳一已经不像最初那样恐惧，他甚至为自己的幸运默默地感到高兴。在芳一看来，既然武士说希望听自己演奏的那位大人身份极为显赫高贵，那他的地位至少也应当在一流的大名[1]之上。不久，武士停下了脚步。紧接着，芳一感觉自己似乎来到了一座大门前。芳一觉得有些奇怪，在这下关町，除了阿弥陀寺的大门外，怎么还会有这么大的门？这时，只听武士大声喊道："开门！"

于是，耳边传来了一阵拉门闩的吱吱嘎嘎的声音。两个人走进大门，穿过宽阔的庭院，在一间大厅的入口处停下了脚步。这时，只听武士又大声喊道："里边有人吗？我把芳一领来了！"

接着，里面传来了一阵急促的脚步声、推开拉门声、开启雨窗声，以及女人们的说话声。从女人们的言谈中，芳一判断她们一定来自某个大家宅邸，侍奉着某个高贵的人物。可是，芳一仍旧不知道自己身处何地，而且完全没有时间过多地思考。他被拽着走上石阶，在石阶顶端脱下了木屐。一位侍女牵过芳一的手，带着他走过一段光滑的长长的地板走廊，沿着廊柱拐过无数道弯，

---

[1] 大名：统领一国的领主，相当于中国古代的诸侯。

穿过数间大得惊人的榻榻米房间，最后被领进了一间宽广的大殿。芳一觉得，那里似乎聚集了许许多多的大人物。听一听那绫罗绸缎的摩擦声，就像大森林里风吹落叶的沙沙声。芳一还听到周围很多人在低声交谈，说的都是些宫廷里的文雅用语。

有人告知芳一不必紧张，并为他准备了一张坐垫。芳一坐在坐垫上，开始调试起琵琶的弦。这时，一个像是宫女头领的老妇人的声音传到芳一耳中："请你弹奏起琵琶，唱起平家的故事。"

如果弹唱全曲，需要花上几个晚上的时间。芳一壮起胆子开口问道："平家的故事说起来很长，不知大人今天想要听哪一段？"

老妇人回答道："其中坛浦之战一篇尤为悲惨，就唱这一段吧！"

于是，芳一拨动琴弦，从最激烈的那段海战开始唱起——只听琵琶的乐曲声宛如橹橹拍打着巨浪，好似战船出击万箭齐发，中间不时地夹杂着武士的怒吼声、甲板上的踩踏声、刀枪盔甲的撞击声，以及阵亡将士坠海激起的声响。演奏的间隙，芳一听到左右两旁响起了赞美的低语声。

"这位琴师的技艺实在太高超了！"

"在我们那里，可是听不到如此美妙的琴曲啊！"

"全日本也找不出第二个人，能够像芳一这样把平家的故事讲述得如此精彩呀！"

听大家这样说，芳一越发受到了鼓舞，演奏起来也就更加得心应手，随后四周又渐渐安静下来。终于，故事讲到了平家无辜妇孺的悲惨结局。当芳一唱到二位尼[1]怀抱幼帝投身大海时，听众席上不约而同地发出了一片悲声。人们不觉失声痛哭。芳一虽不能亲眼看到这一场面，却也不觉为自己的讲述给人带来如此巨大的悲恸而感到一阵战栗。过了许久，呜咽声、抽泣声与叹息声终于平息了下来，接着便是死一般的静寂。芳一再一次听到了先前那位老妇人的声音。

"我曾经听说，你是弹唱平家故事的能手，没有人能够与你相比。可我怎么也没有想到，你的技艺竟已精湛到如此地步。我家主公已经传令，要给予你应得的奖赏。不过，他要求从今天起连续六晚，每晚都听你弹唱一段，之后便会离开这里，踏上归程。为此，还请你明晚也能在同一时间来此弹唱。今晚带你来到这里的那位武士会去接你。除此之外，还有一项要求，不得不对你讲清楚。我家主公在赤间关逗留期间你曾经到访这里一事，希望你对任何人都不要提起。因为主公此次是秘密出访，这一切绝不能对外泄露。好啦，你可以回寺庙里去了。"

芳一恭恭敬敬地道了谢，一位侍女牵着芳一的手，将芳一送到了公馆的门外。方才带着芳一来到这里的那位武士早已在此等

---

[1] 二位尼：平清盛之妻平时子，在清盛过世后成为平氏一族重要的精神支柱。

候。武士将芳一送回寺庙的后院，在檐廊前与芳一告别。

芳一回到寺庙时，天已经开始发亮。没有人注意到芳一整宿未归。住持半夜才回到寺中，他以为芳一早已入睡。白天芳一抽时间休息了一会儿，关于这件奇怪的事情，他没有对任何人说起。第二天夜晚，武士再次来到寺庙，将芳一带到了诸位贵人面前。和前一天晚上一样，芳一依旧获得了众人的赞赏。可是，他这次晚上离开寺庙外出之事，却在不经意间被人看到了。次日清晨，当芳一回到寺庙时，他被叫到了住持的面前，住持语气亲切却隐含责备之意地问道："芳一，我实在为你担心，你双目失明，一个人在深更半夜外出，多么危险！为什么临走前也不说一声？如果有事，也应当叫一个人陪你一起去，你到底去了什么地方？"

芳一含糊其词地回答道："大师，实在抱歉，我有一些私事，其他时间无法办理……"

见芳一不肯吐露实情，住持不仅担心，更是十分惊讶。他觉得芳一似乎有些不同于往常，显得那么不自然，他怀疑芳一有什么事情瞒着自己。这个双目失明的年轻人，难道是被恶魔缠身，或是受了什么人的欺骗？住持没有再继续追问，只是暗中嘱咐寺庙里的仆役，要他们留意芳一的行踪，如果半夜芳一再离开寺庙，就在后面跟着他探个究竟。

入夜，芳一果然再次离开了寺庙。仆役们立刻打着灯笼从他背后跟了上去。当晚大雨滂沱,外面一片漆黑。等仆役们出了寺庙来到大街上时,芳一已经不见了踪影。雨夜道路湿滑,芳一是个盲人,怎么会走得如此之快?这太奇怪了。仆役们沿街查访了芳一有可能到过的人家,可是没有一个人知道芳一去了哪里。无奈之下,仆役们只好沿着海边小路又回到了寺庙。这时,他们听到从阿弥陀寺的墓地方向传来了一阵激越的琵琶演奏声。通常,到了黑夜那里会冒出几簇鬼火,除此以外便是一片漆黑。于是仆役们立即提着灯笼来到了墓地。大雨之中,他们看到芳一独自坐在安德天皇的墓前弹奏着琵琶,大声地演唱着坛浦之战的故事。在芳一的前后左右,每一块墓碑的上方,都飘着一簇鬼火,如蜡烛一般。以往从不曾有过如此多的鬼火,簇拥在一起出现在人间。

"芳一,芳一!"仆役们大声呼叫着,"芳一……你被鬼迷了心窍啦!"

可是,盲人芳一似乎根本没有听到仆役们的叫喊声。他如痴如醉地弹奏着琵琶,讲述着坛浦之战的激烈场面。仆役们见状只好上前抓住芳一的肩膀,对着他的耳朵喊道:"芳一,芳一,快跟我们一起回寺庙吧!"

可是,芳一竟然气愤地说道:"如此庄重的场合,我不能容忍你们这样随便打扰我。"

仆役们听到芳一的话,尽管感到有些莫名其妙,可还是忍不住笑了起来。他们觉得,芳一肯定是被鬼魂给迷住了。他们紧紧地抓住芳一，硬把他拖回了寺庙。住持见芳一的衣衫都湿透了，便命人赶紧帮他脱掉湿衣，换上一身干衣裳。之后，住持便坚持让芳一对自己这一反常行为做出解释。

芳一本还有些犹豫，可为了不再让住持感到担心，他还是决定吐露实情，把从武士第一次来访以来发生的一切事情，全都一五一十地说了出来。

住持听了芳一的话后说道："芳一，我不得不遗憾地告诉你，你现在的处境十分危险。这件事情你当初就不应该瞒着我。你在琵琶演奏方面具有无与伦比的才能，可是你的这一才能又给你带来了难以想象的灾难。事到如今，你自己也应该知道，你并非去了什么高贵的宅邸。实际上，你每天晚上都是在阿弥陀寺的墓地里，在平家的坟墓中间弹唱。今天晚上，寺里的仆役们就是在安德天皇的坟墓前发现了你。当时大雨下个不停，你就坐在大雨当中。除了鬼魂对你的召唤，你所见到的一切都不是真实的，而是幻象。你一旦服从了鬼魂的命令，便落入了他们的手中。如果你继续顺从他们，迟早会被他们撕得粉碎，丢掉性命。可是，今天晚上我不能陪在你身边，因为我还要去给一户人家做法事。不过，我会在离开之前，在你的身上写下辟邪的经文，以防止鬼魂趁我不在时加害于你。"

日落之前，住持和小沙弥脱去了芳一的衣服，取来了笔墨，然后在芳一的胸前、背后、脸、脖子、四肢、手、脚上都写下了密密麻麻的《般若心经》。写完经文后，住持对芳一这样说道："今晚，在我离开之后，你就去檐廊下静坐。不管什么人叫你，也不管发生什么事情，你都不要去理睬，坐在那里一动也不要动，闭上嘴什么也不要说，就好像陷入沉思一般。倘若你稍有动弹，或者发出声响，你的身体就会被撕成碎片。你千万不要惊慌失措，呼喊救命——就算喊了也没人能够救你。只要你按照我说的去做，就不会有任何危险，并且接下来也不会再有任何让你担心的事情发生。"

天黑以后，住持和小沙弥离开了寺庙。芳一按照住持的嘱咐，来到了檐廊处，将琵琶放在地板上，自己坐在旁边一动不动。他调整呼吸，避免喘粗气，更不敢咳嗽出来。就这样，芳一在坐了数个时辰后，听见道边传来了一阵脚步声。那声音进了大门，穿过庭院，向着檐廊走来，最后在离芳一不远处停住。

"芳一！"一个低沉的声音唤道。

盲人芳一沉住了气，一动也不动。

"芳一！"那声音再一次叫道，显得有些不耐烦。

第三次，那个声音变得粗鲁而愤怒："芳一！"

芳一依旧纹丝不动，一声不吭。于是，那个声音开始自言自语道："怎么没有回答！？这可让我怎么办……我要看看他在什么地方。"

沉重的脚步声慢慢地向芳一靠近，最后停在了芳一的身边。接下来是一段漫长的死寂——在这期间，芳一全身都伴随着心脏的剧烈跳动在不住地战栗。

忽然，那粗鲁的声音在芳一的耳边嘀咕道："琵琶明明在这里，却不见琵琶法师——只能见到他的两只耳朵……难怪他不回答我的话，原来他没有了嘴巴，只剩下两只耳朵了……好吧，既然如此，我就将这两只耳朵带到我的主公面前，以证明我已经忠实地执行了主公的旨意。"

接着，芳一的两只耳朵便被一对铁钳般坚硬的手指揪住，生生地扯了下来。尽管芳一痛得死去活来，却始终没有叫出声。那沉重的脚步声沿着檐廊渐渐远去，来到了院子里，然后出了大门，消失在黑暗之中。盲人芳一只觉得有黏黏的暖暖的液体，顺着头的两侧流淌下来，可他仍旧不敢抬起胳膊擦拭……

天亮之前，住持回到了寺庙。他赶忙奔向后院，刚踏上檐廊，便一只脚踩在了一摊黏糊糊的液体上，差点儿滑了个大跟头。借着提灯的光亮，住持发现那黏糊糊的液体竟是一摊鲜血，他吓得忍不住叫了出来。只见一旁，芳一端坐着一动不动，鲜血不住地从伤口里流出。

"芳一，你好可怜呀！"住持声音颤抖地叫道，"这到底是怎么一回事？你怎么受伤了？"

听到住持的声音，盲人芳一这才确信自己已经转危为安。他一下子大哭了起来。随后，他流着泪对住持讲述了昨晚发生的事情。

"芳一，实在对不起，芳一！"住持愧悔地说道，"对不起，都怪我，是我不好……我本来打算在你身上一处不漏地都写上经文的，却还是偏偏漏掉了耳朵。我以为交代给小徒弟便没事了，就没有亲自确认是否都写到了。对不起，都是我的过错……可事到如今，已经无法挽回，还是尽快把伤口治好吧……芳一，你不必担心了，危险已经过去。从今以后，那些鬼魂不会再来纠缠你了。"

经过良医的精心治疗，芳一的伤势逐渐好转。而这一奇怪的事件也迅速地传开了，芳一变得越来越有名气。那些身份显赫的人纷纷来到赤间关，听芳一弹唱。芳一为此得到了大笔酬金，一下子变得富裕起来。从那以后，人们都称他为"无耳芳一"。

鸳鸯

在陆奥国[1]的田村乡，有一个名叫尊允的驯鹰猎手。一天，尊允带着猎鹰出去狩猎，却没有任何收获，只得空手而归。回来路上经过一个叫作赤沼的地方时，尊允看到河里有一对鸳鸯正在水中戏耍。他以前从未猎杀过鸳鸯，因为据说杀死鸳鸯会招来厄运。可他这次实在是饥肠辘辘难以忍受，于是他冲着鸳鸯射了一箭。射出去的箭正好戳穿了雄鸳鸯的胸部。见此情景，雌鸳鸯立即向着对岸的丛林惊慌而逃，不见了踪影。尊允将杀死的雄鸳鸯带回家，烹煮成佳肴后饱餐了一顿。

那天晚上，尊允做了一个十分凄惨哀痛的梦。他隐约梦见一个漂亮的女人走进房间，站在他的枕边哀哀哭泣。那声音十分悲切，尊允听了以后感觉心如刀绞。

---

[1] 陆奥国：日本古代的令制国之一，其领域大约包含今日的福岛县、宫城县、岩手县、青森县、秋田县东北的鹿角市与小坂町。

那女人诉说道:"为什么,为什么你要把他杀死?他究竟犯下了什么罪过?一起在赤沼的时候,我们相依为命,是那样的幸福,可是你却把他杀死了。他究竟什么地方得罪了你?你可知道自己做出了什么事情?多么残忍,多么卑劣!你把我也一并杀死了。失去丈夫,我也无法独活了……我来到这里,就是想要告诉你这件事情。"

说完,女人再一次失声痛哭。那声音像是一把尖刀,直刺入猎人的心脏。女人一边抽抽搭搭地哭着,嘴里一边这样唱道:"日暮,欲劝夫归,怎奈赤沼荫间,孑然一身。"

唱罢,女人接着愤怒地说道:"你根本不知道自己做出了什么事情。是的,你不知道。可是,只要你明天去赤沼看一看,就都会明白了……"

说完,女人含泪飘然离去,消失在黑暗之中。

第二天清晨,尊允醒来,昨晚的梦在脑子里记忆犹新,令他感到阵阵心烦意乱。"可是,只要你明天去赤沼看一看,就都会明白了……"女人的话不时地在尊允的耳边回荡。尊允决定立即去赤沼看个究竟。到那时,是梦还是现实,立刻就可以真相大白。

于是,尊允来到了赤沼。他来到河边,看到一只雌鸳鸯在水中孤游。这时,这只雌鸳鸯也发现了尊允的存在,可它却没有逃走,而是径直朝着尊允游了过来,并用一种奇怪的目光死死地盯着尊允。突然,那只雌鸳鸯开始用自己的尖嘴巴拼命地撕开自己的胸膛。不大一会儿，雌鸳鸯便死在了尊允的面前。

自此，尊允便剃度出家，当了一名和尚。

阿贞的故事

很久以前,在越后国[1]的新潟,住着一位名叫长尾长生的年轻人。

长尾是一位医生的儿子,他自幼便受到了良好的教育,准备长大后继承父业。长尾在很小的时候,便和一位名叫阿贞的姑娘订了娃娃亲。这位姑娘是长尾父亲好友的女儿。两家人商量好,只等长尾完成学业,便让二人正式成亲。不幸的是,阿贞的身体状况不佳,十五岁那年便染上了肺痨,这在当时可是不治之症。阿贞知道自己将不久于人世,便把长尾叫到了跟前,准备向他做最后的告别。

长尾坐在阿贞的床边,阿贞对着长尾说道:"长尾哥哥,我们两个人青梅竹马,从小就发誓长大以后要在一起永不分离,并且

---

[1] 此处作者所用原文为"Echizen",即越前国,可实际上新潟是在越后国而非越前国,应系作者笔误,编者在此进行了更正。

说好今年年底举行婚礼。可是，我现在将不久于人世，也许这就是上天的旨意吧。即使我能够再多活上几年时间，也只是给大家带来更多的麻烦和悲伤。我拖着这样病弱的身体，不可能成为一名好的妻子。正是因为如此，为了不拖累你，我打算不再自私地活下去。我已经做好了准备，随时准备离开这世上。希望我离世之后，哥哥你不要为我悲伤，求求你答应我……我有预感，我们还能够再次相见的……"

"会的，我们一定会再相见的！"长尾认真坚定地回答道，"我们会重逢在极乐净土，从此长相厮守，不再受离别之苦。"

"不，不是的。"阿贞柔柔地说道，"我指的并不是往生后身登极乐之境。我相信，命运注定，我们今生今世还能再次相逢——即使我明天就会身埋黄土之下……"

听完这话，长尾诧异地望着阿贞。看到长尾如此迷惑不解，阿贞微微一笑，像是在讲述自己美好的梦想，继续温柔地对长尾说道："是的，我所说的就是这个人间世界——你所生活的今世，我们还可以相见。我亲爱的长尾哥哥……如果你真的想要和我再次相见的话……我要重新从一个小姑娘成长到现在这么大。为此，你要等待十五六年的时间，虽然很漫长，好在你今年刚刚十九岁……"

为了让阿贞放心安详地离去，长尾温柔地说道："我会一直等待的，这不仅是我的责任，更是我的心愿。我们两个人是命中注定的七世夫妻呀！"

"哥哥，你真的坚信不怀疑吗？"阿贞凝望着长尾问道。

长尾回答道："我只是在想，如果你不留下什么暗号或者标记，那将来你转世重生变成了另外一个人，取了另外一个名字，我怎么才能认出你？"

"这实在没办法呀。"阿贞接着说道，"只有神明佛祖，才能知道我们将在什么地方再次相会。但是有一点可以确信，只要你不嫌弃，我就一定会重新回到你的身边。我一定会回到你的身边……希望你能够把我的话牢牢地记在心上……"

说完，阿贞闭上眼睛，再也没有醒过来。

长尾深深地爱着阿贞，她的死让长尾感到无比悲伤。长尾为阿贞设立了灵位，在上面刻下了阿贞生前的名字。长尾将阿贞的灵位供奉在佛坛前，每日焚香祭拜。他不止一次地想起阿贞临终前对自己说过的话。为了告慰阿贞的在天之灵，他暗自郑重地发誓，如果阿贞转世重生，回到自己的身边，自己一定要娶她为妻。长尾将这一誓言写在纸上，摁下手印，并放在了佛坛上阿贞的灵位前。

然而，长尾毕竟是家中独子，若是不娶妻生子，那便会令家族断了香火。最后，他拗不过家人的请求，不得不同意与父亲为自己选定的一位女子成亲。婚后，长尾仍然不忘每日在阿贞的灵位前祭拜，一刻也没有忘记与阿贞的旧情。但即使如此，随着时间的消逝，阿贞的音容笑貌仍是在长尾的心中渐渐淡去。往事就像是一场梦，再难追寻。

岁月如梭，一晃儿便过去许多年。这些年里，长尾遭遇了各种不幸。先是父母相继去世，接着妻子和唯一的孩子又先后撒手人寰。不觉之间，他已经是举目无亲，孑然一身。为了纾解内心的伤痛，长尾决定离开家，背上行囊，一个人云游四海。

某天，旅行途中长尾来到了伊香保。此地至今仍以温泉和秀丽的风光而闻名。当晚长尾投宿这里的一家旅馆，一位年轻的女子出来招待他。长尾第一眼见到这名女子，心就莫名地怦怦直跳，更奇怪的是，这女子竟长得酷似阿贞。长尾还以为自己是在做梦，他定了定神，拧了一把自己的脸颊。那女子不停地忙前忙后，为长尾端来火盆，送上饭菜，为他整理房间。她的一举一动无不触动着长尾的心弦，勾起长尾对阿贞的美好回忆。长尾同那女子说话，她温和地回答他。那甜美清脆的嗓音，让长尾不禁想到了自己这些年的悲苦、孤独，心中一阵酸楚。

长尾实在按捺不住内心的疑惑，不由得开口问道："我说这位姑娘，你长得很像我曾经认识的一个人。你第一次进到我的房间时，我简直吓了一跳。冒昧地问一句，您老家在什么地方？可否告诉我您的芳名？"

那女子忽然像是被别的灵魂附了体一般，以那个让长尾难以忘怀的声音回答道："我的名字叫阿贞，你就是我青梅竹马的未婚夫，来自越后国的长尾长生先生。十七年前，我在新潟病逝，那时你曾经发誓,如果我能够转世再次托生为一个女人,你将娶我为妻。你还将那个誓言写在纸上,摁上了自己的手印,将其封好放在佛坛上刻有我名字的灵位前。为此,我再一次回到了人间……"

说到这里,女子便昏倒在了地上。

后来,长尾便娶了这名女子,两个人过起了美满幸福的日子。不过,每当长尾问起女子,在伊香保的旅馆里,她对自己的身世是如何回答的,女子却无论如何也回想不起来了。此外,有关自己前世的事情,女子同样忘得干干净净。在那一次交谈的瞬间,女子奇迹般地恢复起了对前世的记忆,之后却又再次全部忘记了。从那以后,女子便再也无法回忆起前世之事了。

乳母樱

早在三百年以前，在伊予国[1]温泉郡的一个叫作朝美村的地方，居住着一位名叫德兵卫的人。德兵卫不仅是那一带最富有的人，还是朝美村的村长，他一直以来生活顺遂，只是到了四十岁还未能尝到做父亲的乐趣。德兵卫和妻子二人苦于膝下空虚，遂来到朝美村的名寺西法寺，向不动明王祈求赐子。

不久，德兵卫终于如愿以偿，妻子为他生下了一个女儿。那孩子长得十分可爱，夫妻二人为她取名为"露"。但因阿露的母亲奶水不足，于是特地请来了乳母阿袖为孩子哺乳。

阿露一天天长大，并且长了一张美丽的脸蛋儿。可不幸的是，阿露十五岁时患上了重病，医生断定已经无法治疗。于是，将阿露视为亲生女儿的乳母阿袖来到了西法寺，虔诚地向不动明王祈祷，

---

[1] 伊予国：日本古代的令制国之一，其领域为现在的爱媛县。

愿阿露的病能够早日康复。整整二十一天,乳母每天为阿露祈祷,临到祈祷的最后一天,阿露突然奇迹般地痊愈了。

德兵卫一家无人不为此而喜出望外,他们把亲戚朋友一个不落地全部请来,举办了一场庆祝宴会。然而就在庆祝宴会的当晚,乳母阿袖却突然患上了急病。第二天早上,被请来医治的医生宣布,阿袖的病已经没有了希望。全家人为此感到悲痛不已,围绕在阿袖的病床周围,准备与她做永久的告别。这时,阿袖却开口说道:"是时候告诉大家了,我许下的愿终于应验了。小姐患病时我曾向不动明王请求,允许我作为小姐的替身,替小姐去死。现如今,我终于如愿以偿,所以我虽死却并无遗憾……只是我还有一事要拜托各位,先前我向不动明王许诺,在小姐病愈之时,作为感谢和纪念,我将在寺庙内奉献上一株樱树。现在,我已经不能够亲手种下那株樱树了。为此,希望我死后,大家能够帮我兑现承诺……再见了,各位,我能够替小姐去死,心里真的十分高兴。"

阿袖的葬礼结束后,阿露的父母选择了一棵上好的樱树,将它栽种在了西法寺的院内。这棵樱树一天天茁壮成长,日渐繁茂,到了第二年的二月十六日,即阿袖的忌日,开满了美丽灿烂的樱花。在那之后的二百五十四年间,每逢二月十六日那棵树都会开满花朵。那白里透红的花瓣儿,就好像是女人的乳头,沾满了乳汁。世人见了无不称奇,人们亲切地称那棵樱树为"乳母樱"。

计策

院子里即将执行一场死刑。犯人被带到了庭院，被命令跪在铺满沙粒的地上，沙地中央有一条用踏脚石铺成的小路，如同你在日本园林中见到的那样。犯人的双手被反绑在背后，家臣们抬来装满水的桶和装满碎石的米袋，把它们堆放在犯人的周围，使犯人动弹不得。之后宅院的主人走了出来，仔细查看了准备情况，感到很满意，便什么也没有说。

这时，被宣布死罪的犯人突然大叫了起来："大人，我的罪行并非是有意犯下的，而是我的愚蠢造成的。我生来就笨，那都是前世罪孽的报应，为此我才忍不住做出错事。将一个生来愚蠢的人判为死罪更是错误的，你也将受到报应。你怎样把我杀死，我就怎样报复你。你做出如此残忍的事情，就会招致我的怨恨，我一定会复仇，罪恶必由罪恶来报偿……"

怀着强烈怨恨被杀死的人，他的鬼魂一定会对杀他的人进行报复，这一点宅邸的主人也十分清楚。于是他以温和的口吻小心地对犯人说道："你死了以后，可以随你心愿尽情恐吓我们，可你说的话实在令人难以相信。那么，你在被杀头以后，会显示出某种心怀怨恨的征兆吗？"

"当然会！"犯人回答道。

"很好，"家主拔出长刀说道，"我这就砍掉你的头。在你的面前放着一块踏脚石，你的头被砍下后，你试着咬住那块石头。如果在你死后你愤怒的鬼魂真的帮助你做到了，那么我们中间的一些人或许会感到害怕。你能咬住它证明给我们看吗？"

"我当然能咬住那块石头！"犯人暴跳如雷，大声地喊叫道，"我一定会咬住它的！我一定能做到！"

霎时间，只见一道寒光闪烁，长刀迅速在空中掠过，伴随着一声"咔嚓"的声响，犯人的头颅应声落地，被捆住的身体软倒在米袋上，两道血浆从断开的脖颈处喷涌而出。那颗头颅在沙地上翻腾了两下，便向着踏脚石方向滚去，然后猛地跳了起来，用牙齿疯狂地咬住了踏脚石的上边缘。拼命地坚持了一会儿后，它像是用尽了所有力气，又颓然掉落在地。

在场的所有人都被这一场面吓得浑身哆嗦，一时说不出话来，眼睛惊恐地望着家主。然而家主却是一副若无其事的样子，把长刀递给了站在一旁的侍从。侍从用木勺舀起清水，将长刀从刀柄到刀尖冲洗干净，然后用软纸将刀刃擦拭得干干净净。至此，斩首仪式结束。

此后数月间，家臣及族人们无一不在恐惧之中度过。大家都觉得死者的鬼魂迟早会来报仇。极度恐惧之下，他们纷纷出现了幻听和幻视，听到或看到一些不存在的东西，惶惶不可终日。有时竹林里刮来的一阵风便会让他们闻风丧胆，院子里出现的一个影子都会让他心惊肉跳。最终，经过商量，大家一致决定向家主提出请求，为执着的亡灵举行一场法事。

当领头的家臣代表大家向家主提出请愿时，家主却满不在乎地回答道："完全没有必要。那个人在临死前说他一定要报仇雪恨这件事，是令你们恐慌的根本原因。可是，这一次却完全没有必要害怕。"

家臣一脸乞求的神色望着主人，对他那充满自信的话心存疑虑。家主似乎也看出了家臣的心思，于是说道："理由非常简单。只有那个家伙临终前最后的怨念才是最恐怖的，而当我要求他显示心怀怨恨的征兆时，他便上了我的当。我巧妙地将他的复仇心理转移到了别处。那个家伙心心念念死后一定要咬住那块踏脚石，不久他便实现了自己的临终遗愿。除此以外，他的心里已然没有了任何念头，其他一切遗愿都已经从他脑中消失。正因为如此，关于这件事情，你们完全没必要再有任何担心。"

果不其然，之后那个死刑犯并未制造任何麻烦，也没有任何奇怪的事情发生。

镜与钟

大约在八百年前，远江国[1]的无间山上有一座古寺，寺里的僧侣们想要为寺庙添置一口大钟，于是号召附近的女施主们捐献出自己的旧青铜镜，来作为铸造大钟的材料。

（时至今日，在日本的某些寺庙，还可以看到成堆的旧青铜镜，都是信众们为铸钟而捐献的。我所见到的寺院中，数九州博多的一家净土宗寺院拥有的旧青铜镜最多，是为建造一座高达三十三尺的阿弥陀佛像募集的。——小泉八云按）

那时，无间山上住着一位年轻的农妇，为了协助寺庙铸造大钟，她将自己的铜镜捐献了出去。可捐出铜镜之后她却又后悔了，觉得十分可惜。她想起母亲曾经对自己讲述过那面铜镜的故事，不仅母亲使用过它，甚至外祖母、外曾外祖母也都曾经使用过。那面铜镜

---

[1] 远江国：日本古代令制国之一，其领域大约为现在的静冈县西部。

曾映照出许多笑靥，承载了无数美好回忆。如果她捐些钱财送与寺庙，便可以将那面祖传的宝贵铜镜赎回来，可是她手里又没有那么多现钱。每回来到寺庙，她都能够看到院墙对面堆积如山的铜镜当中，夹杂着自己家的那面铜镜。因为自家铜镜的背面雕刻着松竹梅的图案，所以一眼便能够认出来。一看到这象征着吉祥如意的松、竹、梅的花纹，她便想起自己小时候，母亲第一次将镜子拿给自己看时，自己拿着它爱不释手的样子。她想把那面铜镜偷出来，作为家中的传家宝，永远地珍藏起来，可她总是找不到机会这么做。这让她大为苦恼，终日郁郁寡欢，仿佛生命的一部分随着那面铜镜一起离开了。她想起了古老的谚语曾经说过，镜子是女人的灵魂（许多铜镜背面都刻有汉字"魂"，便是对这句神秘谚语的表达——小泉八云按）。她担心这个谚语说的是真的，甚至它的含义超越了自己的想象，为此她感到惊恐不安。不过，她却从未把自己的痛苦告诉过任何人。

　　捐赠给无间山用来制作大钟的铜镜，全部被运送到了铸造厂。可是工匠们却发现，其中有一面镜子无论加火熔炼多少次，都无法熔化。工匠们意识到，一定是捐出这面铜镜的女人后悔了，她的捐赠并非出自本意。这个女人的执念附着到了镜子上，令铜镜始终坚硬，无法被炉火熔化。

　　这个消息很快便在乡间传开了。人们很容易便找到了那面不会熔化的镜子的主人。在得知自己内心的秘密暴露在了世人的面前后，年轻的农妇既羞愧又怨愤。不久，她再也承受不住世人的指责，写下了一封遗书投河自尽了。

那封遗书这样写道:"我死之后,铜镜自会熔化而铸成大钟。若有人能将大钟击破,我将以灵魂之力,赐予他巨大财富。"

心怀怨愤而死之人,其临终的遗愿、遗嘱通常被认为具有非凡的力量。那位农妇死后,她的铜镜得以熔化,铸成了一口气派的大钟。世人都没有忘记农妇的遗言,他们相信击破大钟的人真的能够得到巨额财富。于是,大钟甫一挂起,便吸引了众多的人前来寺庙敲钟。每个人都竭尽全力去敲钟,可是那口钟非常结实,无论人们多用力去撞击它都依旧完好无损。即便如此,人们却也没有气馁,仍然从早到晚,日复一日地撞钟,即使寺中僧人出面劝阻也无人理会。连日来响彻不绝的钟声实在令僧人们苦不堪言,于是,他们便把那口大钟取下来,将其从山上推落至山下的湖沼之中。幽暗的沼泽吞噬了大钟,这便是那口钟的结局。后来,这一传说流传至今,那口大钟被人们称为"无间之钟"。

自古以来,日本人就对某种心灵的暗示,或者意念的转换所产生的魔力寄予了神秘的信仰。这种信仰很难准确描述出来,只能用"準える"[1]这个词来简单形容。同样的,它的含义也很难用一个恰当

---

[1] 準える:1.比作,比拟。2.仿照,模拟。

的英语词汇充分表达出来，因为它经常会被用于与宗教信仰有关的动作，或者被用来描述与巫术、魔法相关的行为。字典中"準える"的基本意思包括to imitate（模仿）、to compare（比较）、to liken（相似）等等。可是，其更深层面的含义，是借助想象之力，将某种事物或行为用其他事物或行为来替代，并以此收到某种奇迹般的效果。

比如，你想建造一座寺庙，却苦无相应的财富和能力。可是，如果你怀有一颗与出资修庙的富翁相同的虔诚之心，那么你可以在佛像前铺上一些石子。如此，你在佛像前铺石子的功德，与富翁建起一座寺庙的功德便是近乎相同的。再比如，你不可能全部读完佛教中的六千七百七十一卷经书，但是你却可以将经文刻在转经筒上，用手推着它旋转。只要你心怀一定要读完这六千七百七十一卷经书的虔诚来推动转经筒，那么就能够修得与读完经书相同的功德。以上两例，可以说大致解释了"準える"这一词语所包含的宗教含义。

而这一词语在巫术、魔法层面的含义，则必须举出大量的实例才能解释清楚。这里仅以下列实例来说明。假设你模仿海伦妹妹[1]做蜡人那样扎了一个稻草人，并且在丑时用一根五寸长钉将这一

---

[1] 在英国诗人罗塞蒂（Dante Gabriel Rossetti, 1828—1882）创作的诗篇《海伦妹妹》（*Sister Helen*）中，海伦用烧蜡人的方式诅咒自己变了心的爱人。

稻草人钉在了神社附近森林里的一棵树上。接下来再将这个稻草人想象成某个人的化身,那么现实中这个人不久便会在极度痛苦中死去。这样一来,"準える"这一词语的另一层意思便得到了解释。再举一个例子,假设夜晚一个小偷来到了你家,偷走了一些贵重的物品。之后你在院子里发现了小偷留下的脚印,如果这时你立刻在小偷的两只脚印上点燃许多艾草,那么小偷的两只脚就会灼痛难忍,最后不得不回来向你求饶。这也是"準える"这一词语所包含的一种魔幻力量。而它的第三种含义,便是围绕无间钟的各种传说当中所包含的意义了。

佛钟摔入泥沼中之后,人们再想要敲碎它,却没有了机会。人们在遗憾之余,又开始想象或许敲碎佛钟的替代品,也能讨好那位铜镜主人的亡灵,从而获得大笔钱财。说起来,那面铜镜也着实给人带来了不少麻烦。其中就有一个叫梅枝的女人,她因为与源氏的武将梶原景季关系密切而闻名于日本的传说。有一次她和梶原一起外出旅行时,途中因为盘缠用尽而陷入困境。这时,梅枝想起了无间钟的传说,于是取出了一只铜钵,将它想象成无间钟,一边敲打,一边高呼"黄金三百两!黄金三百两!",直至铜钵破裂。与他们俩同住一家客栈的客人见到梅枝这一奇怪举动,便过来询问原委,当听说二人正为银钱窘迫时,他当即慷慨解囊,资助梅枝三百两黄金作为旅费。那之后,梅枝敲铜钵的故事便被

编写成了一首歌谣,至今仍被艺妓们传唱:

> 梅枝敲铜钵,
> 钵碎黄金多。
> 劝女同效仿,
> 自由身可得。

这件事情传开之后,无间之钟再度声名大噪。许多人开始模仿梅枝的做法,希望能够得到和她一样的好运。其中有一个家住无间山附近大井川畔的农民,整日游手好闲,因为生活放纵败光了家产。他用自己家院子里的泥土,按照无间钟的样子制作了一口泥钟,然后一边大声喊着"我要发财!",一边将那口泥钟敲个粉碎。

果然,在他面前的土地里冒出了一个长发飘飘、身穿白衣的女人,手里捧着一个盖着盖子的瓦罐。她来到农夫面前,对他说道:"你虔诚的祈愿我都已听见,故而在此现身满足你的愿望,我手中的这个瓦罐,就请收下吧。"

说着,女人把瓦罐递给了农夫,之后便消失得无影无踪。

农夫非常高兴,赶忙跑回屋里告诉妻子这个喜讯,并将那个瓦罐放在了妻子的面前。那瓦罐沉甸甸的,夫妻二人合力才撬开了它的盖子,只见里边满满地装了一罐子……

天哪!罐子里怎么会装满了这种东西?我实在无法说出口!

食人鬼

　　有一次，禅宗的高僧梦窗国师独自云游到美浓国[1]，不料在山中迷了路，附近又见不到一个人影，只好一直在山里徘徊。天色渐渐暗了下来，梦窗国师只好先找个地方过夜。正当他一筹莫展之际，只见一缕残阳照耀下，山顶上出现了一间草庵。所谓"庵室"，就是为独自在山里修行的僧人建造的小屋。那草庵已经腐朽不堪，可即使如此，梦窗国师还是急匆匆地赶往了那里。梦窗国师走进草庵，看到里面住着一位上了年纪的老僧。梦窗国师向那位老僧请求在此借宿一宿，可是老僧却一口回绝了他的请求，让他去往附近山谷里的小村庄另找食宿。老僧为梦窗国师指点了道路后，便请他离开了。

　　梦窗国师无奈，只得连忙下了山，沿着老僧所说的道路走了许久，才发现在山谷深处坐落着一个才十余户人家的小村庄。见梦

---

[1] 美浓国：日本古代令制国之一，其领域为今岐阜县南部。

窗国师到来，村民们热情地将他迎进了村长的家中。梦窗进到屋里时，村长家的大客厅里正聚集着四五十个人。他感到有些奇怪，旋即被领到隔壁一个小房间里，里面备好了斋饭和被褥。在房间里，梦窗国师用过晚餐后，因为实在已经累得筋疲力尽，便倒在床上睡着了。

临近半夜时，隔壁房间里传来了阵阵哀哭之声。梦窗国师被那声音惊醒，睁开了眼睛。不一会儿，槅门被人轻轻拉开，一位手提灯笼的年轻男子走进了房间，对着梦窗恭恭敬敬地鞠了一躬，随后说道："大师，深夜叨扰您，实在抱歉，只是有一事，不得不告知于您。家父于数个时辰前身故，在下身为家中长子，此际已接掌家业，成为一家之主。大师您昨天到达这里时，我见您一脸疲倦，急需休息，便没有立即与您讲明此事。隔壁客厅里的那些人全都是村里的乡亲，为家父守灵而来的。一会儿我们就要离开这里，去一里地以外的隔壁村子。本村有个习俗，如果村里有人去世，那么当天晚上所有人都不能留在村子里。待摆放好供品祭拜过后，便把遗体留在家中，所有村民全部离开。因为，放置遗体的房间里，一定会有奇怪的事发生。因此，我希望大师您也能够跟我们一起去邻村暂避，那边也已经为您备下了留宿的地方。当然，如果您不惧鬼神，觉得与遗体共处也无妨的话，那么您亦可以选择留下，继续在寒舍歇宿。只是今晚留在这里的，除了您以外不会再有其他人，这一点还请您多多包涵。"

梦窗国师听了以后回答道:"感谢施主的一片好意与热情款待。贫僧初来此地时,若知晓令尊不幸往生之事,即使有些疲劳也会赶在各位乡亲离去前为逝者诵经超度,履行僧侣所应尽的义务。然事已至此,尽管深感遗憾,贫僧也只能在诸位离去后,守候于逝者身侧,为其诵经直至天明。至于您说留在此处会遭遇诡异之事,贫僧乃佛门中人,自是不惧任何邪祟,还请您不必为我担忧。"

听梦窗国师这么一说,年轻的家主感到十分高兴,尽可能地表达了对国师的感谢。他把国师的好意告诉给了大家,于是,聚集在客厅里的村民们纷纷来到国师面前,争相向国师道谢。

待大家道谢完毕后,年轻的家主最后说道:"大师,非常抱歉留下您一个人,但此刻我们不得不动身前往邻村了。按照村子里的规定,子时过后,家中不得留人。我们无法陪在您身边的这段时间,请您自己多加保重。此外,在我们离开期间,如果您见到了什么离奇的事情,待我们明早回来之后,还望您能够把所见所闻详细讲述给我们。"

之后,所有村民留下梦窗国师,一起离开了村子。国师独自来到了安置遗体的厅堂。只见堂前摆满了供品,还点着一盏小灯。国师念诵了超度亡灵的经文,待做完法事后,便默默地在一旁打坐入定。午夜时分,周围一片寂静,房间里悄悄地飘进来一团巨大的阴影。与此同时,梦窗国师突然感觉全身像是被束缚住了一般，动弹不得，喉咙也说不出话来。只见那个阴影伸出双手，抱起遗体将其吞了个精光。接着，那怪物又掉过头来扑向旁边的供品，也风卷残云般吃得干干净净。吃完之后，它便像来的时候一样，悄然飘走，不知去向。

第二天早晨，村里的人回来时，梦窗国师已经在村长家门口等候。大家挨个向梦窗国师行礼问安，之后纷纷来到客厅四下查看，却没有一个人因不见了遗体和供品而感到惊讶。

年轻的家主对梦窗国师说道："大师，您昨晚遇到了什么可怕的事情吧？我们都很担心您，现在看到您平安无事，毫发未伤，我们大家都松了口气。如果可以，我们也想和您一起留下，可村子里规定若有人去世，当天晚上所有村民都必须离开，只留遗体在家中。若不遵守这一村规，整个村子便将大祸临头。相反，若谨守村规，那么遗体和供品便会在当晚不翼而飞，村民们则平安无事。大师，您想必已经亲眼见到昨晚所发生的一切了吧？"

于是，梦窗国师便将他昨夜的所见所闻，从那个巨大的朦胧黑影飘进遗体放置的房间开始，到它吃掉遗体和供品，最后又消失不见的经过，一五一十地给众村民细说了一遍。听了梦窗国师的话，村里的人没有一个感到惊讶。那位年轻的家主对国师说道："大师所言，与本村的古老传说完全一致。"

梦窗国师感到有些不解，反问道："难道说，村里有人往生，村对面山顶上那间草庵里的老僧不过来为逝者诵经超度吗？"

"您说的是哪位僧人？"年轻的家主问道。

"就是昨晚为我指路，并指点我到这个村子来投宿的那位老僧呀！"梦窗国师回答道，"我原本打算去山顶的那座草庵借宿，可被那里的老僧拒绝了，不过他却为我指了来到贵村的路。"

村民们听了以后十分惊讶，一时间都沉默了。过了一会儿，还是那位年轻的家主说道："大师，我们村对面的山顶上并没有住着哪位僧人，更没有什么庵室啊。我们世代居住于此地，从来也没听说过有僧人住在这附近啊……"

梦窗国师听了以后一时哑口无言。原本热情接待国师的村民，现在看着他的目光也是充满了狐疑。他们显然是认为国师碰到了妖怪，被其迷惑了。接着，梦窗国师与村民们告别，然后按照他们指引的方向离开村子继续往前赶路。可是在此之前，国师打算再去探访一次山顶的庵室，弄清楚这到底是怎么回事。沿着来时的路，梦窗国师顺利地来到了那座草庵前，这一次老僧将梦窗国师请进了草庵，然而不等国师坐下，老僧便哆哆嗦嗦地跪倒在了国师的面前，悲声道："实在惭愧！惭愧啊！老衲简直惭愧得无地自容！"

"哪里，哪里，您不过是拒绝我在此投宿一晚的请求罢了，何须如此自责呀！"梦窗国师赶忙扶起了老僧，"况且，您还为我指点了通向那个山村的道路，托您的福，我受到了村民们的热情招待，为此我理应向您表示感谢才对。"

"唉,老衲这里实在是无法让外人留宿啊。"老僧说道,"老衲自觉惭愧,并非因为拒绝大师您在此投宿,而是真实面目被您看破,才这般惭愧不已呀!昨晚在大师眼前吃掉遗体和供品的妖怪,不是别人,正是在下。老衲其实是个食人鬼,大师您慈悲为怀,请容在下坦陈自身的罪孽与变成怪物的原因,愿向您忏悔。

"很久很久以前,老衲曾是这偏僻之地的一名僧人。那个时候,方圆几十里,除了我以外再也没有其他的僧人了。因此,这一带山民无论谁家有人离世,都要翻山越岭把遗体抬到这里来,由老衲诵经超度。可对老衲而言,为逝者诵经超度、操办法事,只是谋生的手段,一心惦念的都是以僧人身份之便赚取村民的钱财,心中贪念日盛。因此,老衲离世之后便遭到了报应,变成了一只食人鬼。从那以后,只要这一带死了人,老衲便不得不去吃掉他们的遗体,就像您昨晚看到的那样。大师,求您发发慈悲,为我念诵《施饿鬼食咒》,希望通过您那弘法的力量,使我早日从这罪孽深重的境地当中解脱出来……"

说完,老庵主的身影骤然消散。与此同时,那间庵室也变得无影无踪。只余梦窗国师坐于荒草丛中,身侧立着一座古坟。那古坟上面立着一座长满青苔的五轮塔,可见这古坟的主人是一位僧人。

獾[1]

　　东京的赤坂有一条坡道,叫作纪伊国坂[2]。这条坡道何以叫这个名字,笔者并不知晓原因。坡道的一侧是一条古老的护城河,河面很宽,河水极深。护城河边是一条长满绿茵的高高的堤坝,蜿蜒着伸向远方的庭园。坡道的另一侧则是皇宫那长长的高墙。从前这一带没有路灯,也没有人力车,到了晚上便没有了人迹。晚归的行人到了日落之后,宁可舍近求远绕道回家,也不愿意爬纪伊国坂的坡道。

　　之所以这样,是因为这一带曾经有一只獾出没。

　　最近一次见到那只獾的,是一位家住京桥的上了年纪的商人,

---

[1] 日语中"むじな"一词虽写作汉字"狢",但实际上通常为"あなぐま",即"獾"这种动物的别称,并非指的是中文含义下的"貉"。在日本如果特指"貉",则使用"たぬき"一词,汉字写作"狸"。

[2] 纪伊国:日本古代令制国之一,其领域为今三重县南部及和歌山县。坂:日语中为斜坡、坡道之意。

而他也早在三十年前就已经去世了。下面是他留下的一段回忆——

某天夜深人静之时，商人独自一人匆匆行过纪伊国坂。这时，他看见一个女人，正孤身一人蹲在护城河的边上，抽抽搭搭地哭泣着。商人担心那女子要投河自尽，便停下了脚步，准备上前给她一些安慰和帮助。只见那女子身姿窈窕，气质娴雅，衣着华美，头上梳着整齐的发髻，看上去是好人家的姑娘。

"姑娘，"商人一边唤着一边向女子走了过去，"姑娘，别哭了，有什么烦心事就请说出来，或许我可以帮助你。"商人说的是真心话，他本来就是一位热心肠的人。

可是，女子并没有停止哭泣，她用长长的衣袖遮住自己的脸颊，挡住了商人的视线。

"姑娘，"商人尽可能温柔地说道，"我说姑娘，你听我说……深更半夜的，你一个年轻姑娘不适合待在这里。你听我说，不要哭了，告诉我，我能够为你做些什么？"

女子慢慢站起了身，却依然背对商人，用长长的衣袖遮住脸抽泣着。商人将手轻轻地搭在女子的肩膀上，随后说道："姑娘，姑娘……请你听我说，先别哭了……姑娘，姑娘……"

就在这时，那女子转过身，放下衣袖，用手抹了一把自己的脸。商人定睛一看，只见女子的脸上光溜溜的，既没有眼睛，也没有鼻子，更没有嘴巴。"啊！"商人惊叫了一声，吓得撒腿就跑。

商人沿着纪伊国坂,拼命地向坡道上方跑去。附近一片漆黑,前方看不到任何东西。商人吓得浑身直哆嗦,头也不敢回一下,竭尽全力向前狂奔。好不容易前方出现了一点亮光,远远看去如萤火一般。商人一溜烟儿地朝着那亮光跑去,跑到近前时才发现,原来是一个打着灯笼卖荞麦面的小摊。早已被吓得魂不附体的商人,也管不了那个摊主是不是好人,总之能够有个人说上话便是万幸。商人直奔到荞麦面摊前,两腿一软跪倒在地上,说不出话来,只能"哈、啊、啊"地喘着粗气。

"喂!喂!"摊主毫不客气地说道,"喂,出了什么事?难道有人要害你吗?"

"不,没有人要害我。"商人"哈、哈"地大声喘着气回答道,"只是……"

"只是要吓唬吓唬你吗?"摊主异常冷静地问道,"是碰上拦路抢劫的了?"

"不,不是拦路抢劫,不是抢劫。"商人依旧惊魂未定,"我看见了……看见了……就在那河边儿上,那个女人还让我看了她一眼……我看到了……唉,我也不知道该怎么说……"

"嗯?那么我问你,那个女人让你看到的,是不是这个?"

说着,摊主用手抹了一把自己的脸。商人惊恐地看到,摊主的脸一下子变得像个鸡蛋,光溜溜什么都没有。与此同时,荞麦面摊的灯光也骤然熄灭。

辘轳首

距今大约五百年以前，九州菊池家族的近臣当中，有一位名叫矶贝平太左卫门武连的武士。矶贝家是武士世家，武连从他的祖先那里继承了卓越的武术天分，少年时就已经在剑道、弓道、枪术的技巧方面超越了师父，表现出了一名武艺高强的武士的全部才能。后来，在"永享之乱"[1]中，武连屡建功勋，成就赫赫威名。然而好景不长，后来菊池家败落，武连成了一名无主之将。原本可以改换门庭侍奉其他大名，可武连从未打算为了个人的功名利禄奋战沙场，他把自己的一切都奉献给了已故君主。事到如今，武连决定抛弃世俗，出家为僧。于是他剃了头，成了一名行脚僧，法号回龙。不过，虽然穿上了一身僧衣，回龙却依然保持着一颗武士的心。以往临危不惧的他，现在在困难面前也丝毫不退缩。

---

[1] 永享之乱：发生在永享十年（1438年）的镰仓公方足利持氏反叛室町幕府的事件。

不论刮风下雨,还是严寒酷暑,他都要外出行脚说法。其他僧侣们不愿意去的地方,他也会独自欣然前往。然而当时正处于战乱时期,即使身为僧侣,一个人远行途中也难免遇到危险。

第一次行脚说法,回龙来到了甲斐国[1]。在行至一处远离村落、人烟稀少的深山时,天色已经暗了下来,回龙便决定当晚露宿山中。他见道边有一片草丛,便躺在上边闭上了眼睛。回龙向来不畏艰苦,将吃苦看作是一种修行,哪怕以岩石为床,以松根为枕,他也照样能够入眠。他的身体好似钢铸铁浇,任何雨雪风霜都不能动摇他的意志。

就在回龙躺下后不久,一位手持斧头、身背柴薪的樵夫从回龙身边走过。樵夫见回龙躺在草丛里,便停下了脚步,紧盯着回龙沉默不语。过了一会儿,樵夫才用惊讶的语气问道:"你是什么人,竟敢独自躺在这里休息?此处经常会有妖魔鬼怪出没,你难道不害怕吗?"

"没事,朋友。"回龙不慌不忙地回答道,"我是行脚云游的和尚,就是人们常说的'云水僧'。若您说的妖魔鬼怪是指那些幻化成人形的狐妖之类,那就完全不必担心。这种人迹罕至的地方,正适合我静思修行。我习惯了风餐露宿,也早已将生死看淡了。"

---

[1] 甲斐国:日本古代的令制国之一,相当于今山梨县。

"原来如此。您敢在这种地方休息，想来的确胆识过人。可是……"那樵夫又道，"这一带向来有不少凶险的传闻。有道是'君子不立危墙之下'，是否真的要一个人露宿于此，还请三思呀。在下家中茅舍虽然简陋，也无上好斋饭款待，但起码能够遮风挡雨，让您安心歇宿一晚。"

回龙见樵夫言辞恳切，又如此盛情相邀，心里非常感激，便接受了他的邀请。樵夫领着回龙沿一条弯弯曲曲的小道穿过山林，往深山腹地行去。这条路崎岖险峻，二人时而从悬崖峭壁上绕过，时而跨过盘根错节如网状的树根，时而又攀过陡峭嶙峋的怪石。最终，他们来到了山顶的一处空地上。举目望去，一轮明月高悬在夜空，前方有一间茅草屋，屋里亮着灯。樵夫把回龙带到了屋后的一间窝棚里，那里有用竹筒从附近的小溪引过来的清水。二人就用这水把脚清洗干净。窝棚的后面是一座菜园，远处则是一片雪松和竹子混杂的树林。再向更远处望去，一条瀑布从高处倾泻而下，在月光的照耀下闪烁着银光，宛如一匹长长的白缎。

回龙在樵夫的带领下走进了茅草屋。只见屋内坐着男女四人，正围绕在屋中间的炉灶前取暖。见回龙进来，四个人全都低下头恭恭敬敬地行了礼。回龙见这深山老林里的贫苦百姓竟如此礼数周全，不由得感到讶异，他心中暗忖："这些山民这般懂礼数，想来一定是受到了某位懂规矩、讲礼仪的人的指点。"

于是，回龙对着被大家称作主人的樵夫说道："方才见您的谈吐举止优雅不凡，您的家人待客也是彬彬有礼，想来您并非樵夫出身，莫非您原本是身份显赫之人？"

听了回龙的话，樵夫微微一笑，随后说道："您说得正是。我现在虽过着贫苦的日子，可从前的确是有身份的人。我如今破落到如此地步，完全是因为自己犯下的错。从前我在一位大名的身边侍奉，虽不才，却也颇受主公器重。然而我沉湎于酒色，一时冲动以致酿成大错。我的所作所为不仅毁掉了家业，还连累一些人因此断送了性命。最终我恶有恶报，不得不隐姓埋名，逃到这深山老林之中。我终日祈祷，想要赎回自己从前犯下的罪孽，重振家业，只是苦于没有机会。如今我只能尽力帮助那些陷入迷途的旅人，并为自己曾经的罪孽真诚地忏悔，盼望能够早日消除业障。"

回龙听了樵夫这番肺腑之言，深受感动，说道："人在年轻的时候很容易做出愚蠢的事，日后只要迷途知返，就可以重新踏上正途。经文里说：越是大恶之人，一旦弃恶从善，便越是能够成为大善之人。你本有善根，今后定能时来运转。今晚贫僧将整夜为你诵经祈福，愿你早日摆脱恶业之报。"

随后，双方互道晚安，樵夫将回龙领进了隔壁一间更小的房间，里面已经铺好了被褥。其他人都去睡了，只有回龙一人借着灯笼的微光诵起了佛经，直到深夜。诵完经，临休息之前，回龙打开房间的窗子，打算看看外面的夜景。夜色十分美丽，星朗无云，四下里静谧无风。皎洁的月光照射在树枝上，在地面上留下了一道道树影。露水莹如珠玉，在庭院里闪烁着光芒。草丛中，蟋蟀与铃虫振翅齐鸣。随着夜色愈沉，远处的瀑布声也显得越发清晰。回龙听着那瀑布的水声，不由得感到一阵口渴。他想起屋后那个引水的竹筒，便打算过去取些水来喝，这样也不会打扰到熟睡的一家人。回龙轻轻地拉开了与主人房相隔的纸门，借着灯笼的微光，他猛然看到在榻榻米上熟睡的五个人竟然都没有了头颅！

一瞬间，回龙惊得不知所措地呆立在原地。难不成，他们是被歹人所杀害？然而他很快就回过神来，附近完全看不到血迹，断颈处也没有任何刀斩的痕迹。他喃喃自语道："我看自己要么是被会幻术的妖精所迷，要么就是被诓骗到了辘轳首的老窝里……《搜神记》一书中曾记载道：'如果见到无头的辘轳首的躯体，只要将那身躯移至其他地方，它的头颅便再也无法与躯体相连。待头颅回来后，发现身躯被挪位，就会像球一样弹起猛击地板三次，然后惊恐地喘着粗气，最终一命呜呼。'如果这真是辘轳首，那显然是想要加害于我。既然如此，我便按书中所说试上一试。"

回龙拽起屋主人的两只脚，把那具躯体拖到窗边抛了出去。接着回龙来到了后门，发现门是被闩上的。他猜那些头颅是从屋顶的烟囱出去的。回龙轻轻取下门闩，来到后院，然后小心翼翼地走到了外面的树林里。树林当中果然有人在说话。回龙靠一排排树影遮住身形，悄悄地向着声音传来的方向走去。终于，他找到了一个隐蔽之处站定，躲在树干背后向前方窥视。果然，只见五颗头颅在半空中盘旋飞舞,一边互相聊着天,一边捕捉地下爬的和树上飞的虫子,送进口中大嚼。不一会儿,那樵夫的头颅停下咀嚼张口说道:"今晚来的那个和尚,可真是膘肥体壮啊,要是吃了他,我们的肚子就能饱饱的了。都怪我说了那些蠢话,让那家伙为了给我解除罪孽而念经。和尚念经的时候我们近不了他的身,碰不了他。不过现在天马上就要亮了,我猜他大概是睡着了。我说你们谁先进去看看那个和尚在干什么。"

一个年轻女子的头颅一下子腾空而起,如蝙蝠一般轻轻地向着房间的方向飞了过去。可不一会儿就又跑了回来,大惊失色地向主人喊道:"那个和尚不在小屋里,他跑了!而且更糟糕的是,主人您的身体不在房间里,不知道被他挪到哪里去了!"

樵夫的头颅闻言登时勃然大怒,只见它怒目圆睁、须发皆张,牙齿咯咯作响,那神情在月光下显得分外狰狞。与此同时,一阵痛苦的哀号从它喉中迸出,它满脸泪水地怒吼道:"身子被挪走,就再也不能和我的头合拢到一起了,我就要死了!这一定是那个和尚干的。我死之前一定要抓住他,把他撕成碎片吃个精光!啊!他就在那里,就藏在那棵树的背后。你们看,就是那个膘肥体壮的臭和尚!"

说着,樵夫的头颅便带领着其他四个头颅,朝着回龙的方向扑了过来。可勇武不凡的回龙早有准备,他拔起旁边一棵小树,将那飞来的五个人头一一击飞。无论这五个头颅怎样猛攻,都伤不了回龙分毫。过了一会儿，其中四颗头逃之夭夭，只剩下樵夫的一颗头，无论回龙如何击打，都仍然顽强地继续攻过来。最后，樵夫的头一口咬住了回龙左手的衣袖。回龙迅速抓住了那头上的发髻，结实的拳头狠狠地落了下来。终于，那头颅发出一声长长的呻吟，停止了挣扎。它虽然死掉了，可牙齿却始终紧紧地咬住回龙的衣袖，任凭回龙使尽浑身力气，都无法掰开它的嘴巴。

  回龙只得让那头颅继续挂在袖子上，回到了茅草屋。只见方才那四个辘轳首正蹲在一处，个个头破血流、鼻青脸肿，不过头和身子倒是连回了一起。他们见回龙从后门走了进来，顿时吓得大叫："和尚来了！和尚来了！"随即一齐从正门逃出，一溜烟儿躲进树林当中，不见了踪影。

  东方的天空渐渐发白，不久天已大亮。回龙知道，魑魅魍魉只有在夜间才能如此猖獗。他看了看耷拉在衣袖上的首级，只见那上面沾满了血迹和泥浆，嘴里还吐着白沫。回龙不由得朗声笑道："好一份甲斐土特产呀！一颗辘轳首的头！"之后，回龙收拾了自己本就不多的一点行李，悠然地下了山。

  回龙继续云游，不久来到了信浓国[1]的诹访。回龙袖子上耷

---

[1] 信浓国：日本古代的令制国之一，其领域为现在的长野县。

拉着一颗人头，大剌剌地走在大街上。过往行人中，女人们见了吓得花容失色，孩子们见了尖叫着四散逃开，看热闹的人们则跟在后面吵吵嚷嚷的。最后惊动了捕快，出来将回龙抓进了牢房里。捕吏判定回龙杀了人，死者在被杀害的瞬间咬住了凶手的衣袖。可捕吏审问时，回龙却一句话也不说，只是微微笑着。他在牢房里度过了一整夜，第二天被押到了公堂上。地方官员责令回龙解释自己的行为，为什么一个出家人会在袖子上挂着一颗人头？犯下死罪非但不知悔改，还要当众炫耀，岂有此理！

回龙听罢哈哈大笑了起来，随后说道："并不是贫僧将这颗头挂在袖子上的，而是它自己咬住不放。贫僧没有杀害过任何人，况且这并不是一颗人头，而是颗鬼头。打死一颗鬼头与杀人砍头可不一样，我只是为了防身自保，而不是故意行凶害人。"接着，回龙详细地讲述了他的这番离奇遭遇，当说到与五颗头颅斗在一起的经过时，他不由得再度哈哈大笑起来。

可是，公堂上的官员们却笑不出来。他们认定回龙是个死不悔改的罪犯，他是在故意编造谎言企图愚弄他们。官员们觉得此案已无继续审讯的必要，准备下令立即将回龙处以死刑。就在这时，其中一位上了年纪的官员，对判决提出了异议。这位老者在审讯过程中并未发表意见，而是在静静听完别的官员的发言后，才不慌不忙地站起身来说道："依我看，还是先将那颗头颅拿来查看一番吧，之后再作判决也不迟。如果那个行脚僧人说的是实话，那么这颗头便是最有力的证据。把那颗头呈上来！"

由于那头颅依旧紧咬在回龙的衣袖上，回龙便脱下衣服，让差役将衣服同头颅一起呈上。老官员拿着那颗头，翻来覆去地仔细查看，最终在后颈处发现了几道可疑的红痕。他将那痕迹指给其他官员看，并提醒他们，断颈处并没有任何被武器砍过的迹象，就像是落叶从树上脱落一般光滑平整。

老者对众官员说道："可见和尚所言不虚，这的确是辘轳首的头颅。《南方异物志》中有这样一段记述：'飞头蛮，其颈间有赤痕。'眼前这头颅的脖子上的确有数道红痕，且并非是涂抹上去的。相传自古以来，甲斐国的山里就有这种妖怪作祟。不过，大师，"说着，老者转身面向回龙，"您可真是身手不凡哪！看您的气质，不像是一位普通的行脚僧人，倒更像是一位武士。难道您出家前曾经出身于武士阶层吗？"

"大人所言正是。"回龙回答道，"成为行脚僧之前，我曾经很长一段时间都是一个弄枪舞剑的武士。不管对手是人还是鬼，一向无所畏惧。那时，我叫矶贝平太左卫门武连，奉职于九州大名的门下，在座各位或许有人曾听说过我的名号。"

听到这个名字，公堂内顿时惊叹之声四起，确实有不少人都曾听过武连的大名。回龙一下子从犯人变成了大家的朋友。众人纷纷上前簇拥着回龙，向他表达自己的钦佩尊敬之情，并将他送至大名的宅邸。大名热烈欢迎回龙的到来，不仅备下酒宴款待，还在临别之际赐给他一份厚礼。在这期间，回龙可谓享尽了在这尘世中允许僧侣享受的一切喜乐。至于那颗头颅，回龙则将它当成是旅途中的土特产，准备带上它继续云游。

那么，那颗头后来怎样了呢？关于它的结局，还有下面这一段传说。

离开谏访一两天后，回龙遇到了劫匪。那贼人在一个荒无人烟之处拦下回龙，命他脱下身上的衣服。回龙依言将僧衣脱下，递到了劫匪面前。这时，劫匪发现衣袖上还挂着个东西。纵然这贼人素来胆大包天，可看到那头颅的时候仍是吓得魂飞魄散，扔下僧衣向后退了几步，大声喊叫道："你，你真的是个和尚？竟然比我还心狠手辣！虽说我也曾杀过人，可从来没有把人头挂在袖子上还大摇大摆地走在大街上啊！和尚，看来你与我是同道中人，不得不说，我很佩服你。话说回来，这颗人头还真有用，拿来吓唬人我看再好不过了。不如你将这头卖给我吧，我用我身上这套衣服再加五两银子跟你换，你看如何？"

回龙听了以后回答道："如果你真的想要，我可以把这头连同僧衣一起送给你。但我必须告诉你，这并不是颗人头，而是个妖怪的脑袋。你买了这东西，之后遇上麻烦，可不要怪我骗你。"

"哈哈哈，我看你这个和尚倒是蛮有意思。"劫匪大声笑道，"你杀了人，还开这种玩笑。我跟你说正经的呢，这是我的衣服，这是银子，这颗人头就归我了啊。开这种玩笑又有什么用？"

"想要你就拿去吧！"回龙回答道，"我可不是在开玩笑。如果说真有什么笑话的话，那就是你居然傻到肯花这么多钱来买一颗妖怪的头！哈哈！"

回龙大声笑着，扬长而去。

劫匪得到了和尚的僧袍和头颅，便把自己装扮成鬼和尚，在沿街一带行凶作恶。可当他来到诹访，听到有关那颗头的真实故事后，便开始担心辘轳首的恶灵作祟，会给自己带来灾难。于是，劫匪盘算着把这颗头送回原处，连同它的身子一起埋起来。他找到了甲斐山里的那座孤零零的茅草屋。可是里面已经空无一人，也找不到那个辘轳首的身躯。于是劫匪只好把那颗头埋葬在了茅草屋后面的树林里，并在上面立起一座石碑，还为辘轳首的亡灵念了《施饿鬼食咒》。据日本的说书人讲，那座刻着"辘轳首冢"字样的石碑直到今天仍然立在那里。

被埋葬的秘密

很久以前,丹波国[1]有一位名叫稻村屋善助的富商。善助有一个女儿名叫阿园,生得美丽可爱又聪明伶俐。善助觉得女儿只是跟着乡下的私塾先生念点书,这实在有些委屈。于是,善助便指派几名靠得住的仆人把阿园送到了京都,让她在京城学习一些上流社会贵妇人的高雅技艺。阿园学成归来后,便与父亲善助的一位名叫长良屋的好友结了婚。夫妻二人一起度过了三年多幸福的时光,还生下了一个儿子。可是婚后第四年,阿园却染上重病,最终不幸离开了人世。

阿园葬礼结束的那天晚上,阿园年幼的儿子竟突然说道:"母亲回来了,就在二楼的房间里,一直看着我对我笑,却不说一句话。我觉得很害怕,就跑了下来。"听了这话,家中众人便赶紧跑上二楼,

---

[1] 丹波国:日本古代的令制国之一,其领域大约包含现在京都府中部及兵库县东隅、大阪府高槻市一部分、大阪府丰能郡丰能町一部分。

来到阿园的房间里查看。借着佛龛前的灯火，大家看到原本已经死去的阿园，竟站在她生前用来存放衣裳首饰的立柜前。奇怪的是，阿园的头部一直到肩膀都看得十分清楚，而腰部以下却逐渐变淡直至消失——就好像水中的倒影一般。

见此情形，家人们吓得浑身发抖，纷纷逃离了阿园的房间。他们聚集在楼下，一起商量对策。只听阿园的婆婆说道："女人就喜欢那些用来梳妆打扮的东西。阿园生前也非常珍视她那些衣裳首饰，她一定是舍不得她的那些旧物，想回来看看，听说不少过世的人都会这样。依我看，不如把这些东西都捐赠给寺庙，这样阿园的灵魂也就能够安息了。"

大家商量妥当之后，第二天早上便将那柜子腾空，把里面存放着的阿园的衣裳首饰等物品全部送到了寺庙。可是，那天晚上阿园依旧回到了家中，像前一天晚上一样，眼睛死死地盯着柜子。接下来，阿园每天晚上都要回来站在衣柜前，以致把全家人吓得心神不宁、恐慌无比。

阿园的婆婆来到寺庙，把发生的事情一五一十地告诉给了住持，并请求住持告知让阿园的灵魂得到安息的办法。这家寺院修的是禅宗，那里的住持法号大玄，是一位上了年纪的学识渊博的高僧，他听罢说道："依我看，在那柜子里面或者附近的什么地方，有阿园放心不下的东西。"

"可柜子里的东西已经全部清理了啊！"阿园的婆婆回答道，

"现在柜子已经是空空的了。"

"既然如此,"大玄法师说道,"那老僧今晚便到贵府走上一趟,守在那个房间里,看看究竟发生了什么,然后再商量对策也不迟。但请您告知家人,我在房间里时,除非听到我呼唤,否则任何人都不要进到那个房间里来。"

天黑以后,大玄法师如约来到了阿园的家,此时阿园的房间已经按照法师的要求收拾停当。法师独自在房间内打坐诵经,直到子时,房间里也没有出现任何动静。而子时刚一过,阿园的身影就突然出现在了柜子前。她一脸的依依不舍,目不转睛地凝视着眼前的柜子。

见此情形,法师先是依旧念诵着经文,然后转向阿园,唤着她的戒名,说道:"老僧来到此地,是为了帮助你。许是那柜子里仍有东西让你放心不下,可否让老僧帮你找出来呢?"

阿园的亡灵轻轻地点了点头,似乎表示同意。法师站起身,打开柜子最上面的一层抽屉,里面空空如也。接着,法师又依次打开第二层、第三层、第四层的抽屉。法师认真地查看了各层抽屉的四周和底部,连柜子内部也细细搜索了一遍,却没有发现任何东西。可是,阿园却依旧满腹心事地凝视着柜子,始终不肯离开。

"她到底在留恋什么东西?"大玄法师思索着。这时,法师突然想到,或许抽屉底部铺着的衬纸下面藏着什么东西?于是他便揭开铺在第一层抽屉里面的衬纸，没有发现任何东西。接着他又揭开第二层、第三层抽屉底部铺着的衬纸，依旧没有发现任何东西。终于，在最下面的抽屉里的衬纸下面，法师找到了一封信。

"这就是你要找的东西吗？"法师问道。阿园的亡灵转过身面向法师，神思恍惚地注视着他手里的那封信。

"老僧代你将它烧掉如何？"法师又问道。只见阿园对着法师鞠了一躬，似是致谢。

"好，等天一亮我就把它拿到寺庙里烧掉。"法师向阿园承诺道，"我不会让任何人看到这封信的。"

阿园闻言如释重负，微笑着消失在了黑暗之中。

法师步下二楼时，天已经开始蒙蒙发亮，一家人在楼下焦急地等待着。

"诸位不必担心，阿园再也不会来了。"法师说道。

果然，从那以后阿园的亡灵再也没有出现。

那封信，确实被法师烧掉了。那是阿园在京都学习时，某人写给她的一封情书。信里写了些什么内容，只有大玄法师知晓。而这一秘密，也在法师圆寂时一同被埋葬了。

雪女

在武藏国[1]的一个村落里住着两个樵夫,一个叫茂作,一个叫巳之吉。故事发生的时候,茂作已是一位老者,而助手巳之吉还是一个年仅十八岁的年轻人。每天,两个人都要一起到离村子两三里远的森林里去伐木,途中经过一条大河,必须在渡口乘船才能到达对岸。人们曾经多次在河上架设桥梁,可每一次桥梁架好之后都会被河水冲垮。当河水泛滥时,架好的桥梁根本抵挡不住洪水的冲击。

一个寒冷的傍晚,茂作和巳之吉在回家的途中遇上了暴风雪。两个人来到了渡口处,可是渡船却停靠在对岸,船夫不知去了何处。那天寒风刺骨,根本无法涉水游到对岸。于是,两个人只得躲进渡

---

[1] 武藏国:日本古代的令制国之一,其领域为现在的东京都、埼玉县全境、神奈川县的横滨市与川崎市全境。

口旁船夫的小屋，打算在此避避风寒。如此恶劣的天气下能够有这么一个容身之处，也还算幸运了。小屋里不但没有火盆，连个点火的炉灶也没有。整间屋只有两张榻榻米草席大小，开着一扇门，甚至没有窗户。茂作和巳之吉关好门，披着一件蓑衣横躺在了草席上。起初他们还没觉得多么寒冷，心想暴风雪应该很快就会停息。

屋外一阵阵狂风呼啸，雪片不住地吹打在门上。上了年纪的樵夫茂作，躺下后不久便进入了梦乡，可年轻的巳之吉却被吵得许久不得入睡。河水翻卷着浪花，小屋像是漂泊在大海里的小船，被风吹得咯吱咯吱不停地晃动。夜色渐深，暴风雪越来越大，气温也随之不断下降。巳之吉蜷缩在蓑衣下，浑身打着哆嗦。但渐渐地，他也昏昏沉沉地睡去。

不知过了多久，感觉到有雪花落在脸上，巳之吉便睁开了眼睛。不知何时，小屋的门已经被打开。在雪光的映照下，巳之吉看到小屋里出现了一个女人——那女人一身素白衣裙，弓着身子对着熟睡的茂作吹气，她呼出的气息就像一缕缕白烟。就在这时，女人忽然转过身，向巳之吉这边俯下身来。巳之吉想要大声喊叫，不知为何却叫不出声来。只见女人慢慢地趴下来，眼看着她的那张脸就要贴到巳之吉的脸上。巳之吉看到那女人的面孔非常美丽——只是眼神冰冷得令人遍体生寒。女人凝视巳之吉许久，然后微笑着在巳之吉耳边低声说道："我本打算还用对付旁边那人的手段对付你，可不知为何又怜惜起你来。你非常年轻，又那么可爱，所以我打算饶了你这条性命。只是，今天晚上发生的事情，你不要对任何人说起。即便是自己的母亲，你也不能说出，否则我不会放过你，你的性命也将难保。你都听清楚了吗？千万不要忘记我说的话。"

说完，女人转过身，走出房门离开了小屋。巳之吉这才身上一松，感觉自己又能动了。他赶忙起身望了望门外，却看不见那个女人的身影。外面的风越刮越大，风夹着雪片吹进小屋。巳之吉关上屋门，又拿来几根木柴从里面把门抵住。难道刚才是风把门吹开的？又或许是自己做了个梦，错把屋外皑皑白雪当成了什么白衣女人？巳之吉想来想去，仍然放心不下。他叫了几声茂作，老人没有回答。巳之吉暗自担心，在黑暗中伸出手摸了摸茂作的脸，那脸竟冷得像块冰。原来茂作的身体早就冻僵，已经死去多时了……

第二天早晨，风不再刮，雪也停了下来。日出后不久，船夫回到了小屋，见到巳之吉倒在冻死的茂作身旁，人事不省。由于抢救及时，年轻的巳之吉很快便苏醒过来。可毕竟受到那一整夜严寒的折磨，那之后很长一段时间，巳之吉都卧床不起。而且茂作的死也令巳之吉的内心受到了极大的打击。不过，对于曾经见到白衣女子的事情，巳之吉始终没有向任何人提起。病愈后，巳之吉便又继续他的樵夫营生。早上，他一个人来到森林里，傍晚则

一个人背着成捆的薪柴回到家中。那些柴薪,便交给母亲拿到集市上卖掉。

　　转眼到了第二年的冬天。某日傍晚,巳之吉从森林里回家,恰好遇见了一位同路的姑娘。那姑娘身姿高挑纤细,容貌也很美丽。巳之吉向姑娘打了个招呼,姑娘也用清脆如鸟鸣的声音欣然回应了他。二人并肩同行,开始交谈起来。

　　姑娘名叫阿雪,不久前失去双亲,无奈只好一个人去江户,为的是投奔远房的亲戚,求一份帮佣的工作。巳之吉很快便迷上了这位素不相识的女子,他越看她,就越觉得她好美。于是巳之吉忍不住开口问道:"姑娘是否已经许配了人家?"女子笑了笑回答道:"还没有呢。"接着女子也问起巳之吉来,问他是否已经成家或是有婚约在身。巳之吉回答说,家中只有自己和母亲两个人,因为自己尚年轻,还未曾考虑过成家之事。至此,二人都已经向对方表明了身世,随后便不再交谈,静默着并肩行走。可是,正如一句谚语所说:"若是两心相悦,眉目也可传情。"临回到村子时,两个人已经情投意合、难舍难分了。于是,巳之吉邀请阿雪来到自己家中稍事歇息,阿雪害羞地犹豫了一会儿,随后便答应了巳之吉的请求。巳之吉的母亲也满脸笑容地迎接阿雪的到来,并端出了热腾腾的饭菜招待。阿雪的言谈举止非常得体,巳之吉的母亲看在眼里乐在心上,嘴里一个劲儿地劝说阿雪多住上几天,不必急着去江户。于是，事情便顺理成章，阿雪再未去江户投亲靠友，而是从此留在巳之吉家，成了巳之吉的媳妇。

婚后的阿雪是个好媳妇，将家中的一切都打理得井井有条。五年后巳之吉的母亲去世了。老人在临终前还惦念着阿雪的好，对阿雪表示了由衷的感谢。阿雪为巳之吉生下了十个孩子，不论男孩女孩，每个都肤白胜雪、相貌俊美。

然而，村里的乡亲们却渐渐发现了阿雪异于常人的地方。乡下的女人，通常很早就衰老了，可阿雪却与众不同，尽管已经是十个孩子的母亲，却依旧像刚来到村里时那样年轻娇美。

一天晚上，孩子们都已经入睡，阿雪借着油灯的光亮开始缝补起衣裳来。巳之吉凝望着妻子的身姿说道："看到你在灯光下缝补衣裳，让我不由得回想起十八岁时遇到的一件奇怪的事情。那时，我见到了一位和你一样白皙美丽的女子，现在回想起来，她简直就和你一模一样……"

阿雪手里缝补着衣裳，头也不抬地说道："跟我说说她……你在哪里见到的？"

于是，巳之吉便将那个风雪之夜发生在船夫小屋里的可怕之事，包括一个白衣女子俯身笑着威胁自己，以及茂作老人不明不白地惨死等，都一五一十地告诉了阿雪。然后，巳之吉说道："不论是在梦里还是在现实当中，那都是我唯一一次见到和你一样美丽的女子。细细想来，那女子应该并不是人。当时我见到她，着实被吓坏了，她全身上下都白得像雪一样……老实说，直到现在，我也不确定当时是在做梦，还是真的见到了雪女……"

阿雪听完这番话后，猛地站起了身，扔下手中的针线，扑到坐在一旁的巳之吉的身上，冲着巳之吉的脸凄厉地喊道："那个白衣女子就是我……就是阿雪我呀！当年我曾警告过你，如果对任何人讲了遇见我的事情，我便会要你的命。如今若不是看在睡在一旁的孩子们的分儿上，你此刻已经没命了。从今往后你要照顾好孩子们，若你不善待他们，我绝不会饶恕你！"

说着，阿雪的声音越来越微弱，仿佛是风的哀泣。之后，她的身影化为一团朦胧的白雾飘上屋梁，颤抖着从烟囱里飞了出去。从此，再也没有人见过她。

青柳的故事

日本文明年间[1]，能登国[2]大名畠山义统的手下，有一位名叫友忠的年轻武士。友忠出身越前国，年少时便以侍童的身份进入了大名的宅邸，在主公的亲自指点下，练就了一身的武艺。长大以后，友忠成了一名文武双全的武士，深受主公器重。友忠性格温和、相貌英俊，且能言善辩，因而还得到了同辈人的钦佩和喜爱。

友忠二十岁时，受主君的秘密嘱托，到京都极有权势的大名细川政元家里执行一件机密任务。这位细川政元是畠山义统的亲戚。因受命经越前赴京都，为此友忠获准可以顺道回家探望寡居的老母亲。

---

[1] 文明年间：指1469年至1486年的这段时期，"文明"是日本的年号之一，此时在位的是后土御门天皇，室町幕府的将军是足利义政、足利义尚。
[2] 能登国：日本古代令制国之一，其领域大约为现在石川县北部的能登半岛。

出发时，正值一年当中最寒冷的严冬季节。道路上布满了冰雪，尽管友忠的坐骑是一匹矫健的骏马，却也只能缓慢向前行进。友忠所走的这条路从山间穿过，周边鲜有村落、人烟稀少。旅途的第二天，友忠艰难地策马跋涉了数个时辰后才意识到，到达原定的投宿地点将是深夜了。眼前寒风凛冽，一场暴风雪即将来临，马儿也已经疲惫不堪，友忠不禁心中不安了起来。正一筹莫展之际，他忽然发现附近山顶的柳树下有一间茅草屋。友忠急忙赶着疲惫的马儿来到了茅草屋前。漫天的风雪中，友忠敲响了紧闭着的门户。听到声音，一位老婆婆打开房门，看到暴风雪中站着的是一位英俊的陌生年轻武士，便怜悯地说道："真是可怜哪！你这年纪轻轻的小伙子，这么大的风雪还一个人在外面长途跋涉！快进屋里歇歇吧！"

　　友忠下了马，先把马拴在屋后的马厩里，然后才走进茅草屋。只见屋里有位老翁，正和一位少女一起围在竹柴燃起的炉火前取暖。见有武士进屋来，老翁便恭敬地招呼友忠过来炉边烤火。老夫妇烫了一壶热酒，又着手准备餐饭，顺便打听了一些友忠在旅途中的事情。那位少女此时已经躲进了屏风后面，不过她美丽的容貌却早已被友忠看在了眼里。粗陋的衣衫、蓬乱的发丝，也无法掩盖少女的秀美姿容。友忠有些不解，为何这般美丽的女子，竟会住在如此荒凉寂寥的地方？

老翁开口对友忠说道:"武士大人,从这里到下一个村子路途还很遥远。此时外面漫天风雪,行路十分艰难,若是今晚继续赶路,实在是太过危险了。我这茅屋简陋,也没有什么可以招待贵客的,可若武士大人您不嫌弃,不妨今晚就先在此歇息,等风雪停了再走。您的马儿交给我,我会好生照看的。"

友忠见老翁这般热情挽留,便欣然接受了提议,当晚就在此宿泊。这下可以多瞧瞧那位美貌的少女了,友忠心里不禁暗暗高兴。不久,友忠的面前便摆好了一桌酒菜,虽是农家的粗茶淡饭,却也颇为可口。少女也从屏风背后走了出来,准备为友忠斟酒。只见她不知何时换了一身整洁的粗布衣衫,长长的黑发也已经梳理得整整齐齐。就在少女来到自己面前斟酒的时候,友忠再一次为她那绝美的容貌所震惊,断定自己从未见过如此美丽的女子,同时心中也为她那优雅的举止而赞叹不已。

老翁注意到了友忠的神情,一脸歉意地道:"武士大人,小女名唤青柳,自幼长在这穷乡僻壤,没见过世面也不懂得规矩,如有礼数不周之处,还请大人您多多包涵。"

友忠连忙否认,坦言能够有如此美丽的姑娘为自己斟酒布菜,自己感觉十分荣幸。友忠看到自己倾慕的眼神已经令青柳羞得面颊绯红,却依旧舍不得将目光移开半分。友忠痴痴地望着少女,甚至忘记了端起酒杯,拿起碗筷。见此情形,老婆婆开口说道:"我们乡下人的饭菜粗陋,怕是不合您的口味吧?可外面那刺骨的寒风吹得您浑身冰凉,如不嫌弃,就请饮杯薄酒、进些饭菜暖暖身子吧。"

友忠回过神来,自知失礼,连忙用起酒菜来。可青柳那红润的面庞却越发显得动人,她的嗓音清甜婉转,同她的美貌一样令友忠迷醉。青柳虽是在山里长大,但友忠觉得她的父母应该曾经是地位显赫之人,因为她的言谈举止,处处透着大家闺秀的气质。友忠受内心的喜悦启发,脑中忽然灵光一闪,随即赋诗一首:

寻访途中遇一花,流连花畔一日间。
夜深未及破晓时,天边缘何见绯红?

青柳听罢,也立即开口和道:

日出霞光红艳艳,奴家直欲用袖遮。
只为留君在身侧,及至天明亦不离。

如此,友忠便得知自己的爱慕之情青柳已然明白了。少女欣然接受了他的赞美,并同样赋诗一首回应了他,其中的绵绵情意令友忠欣喜不已,而她那即兴赋诗唱和的才华,也令友忠不禁钦佩惊叹。友忠深感在这世间他再也遇不到比眼前这位乡下姑娘更加聪慧美丽的女子了。他的心中似乎有个声音在催促道:"如此天赐良缘,你可一定要珍惜呀！"

此时友忠的心已经彻底地被青柳所征服，于是他直截了当地向老夫妇提出请求，希望他们将女儿许配给自己，并且将自己的姓名、家世，以及侍奉能登藩主的武士身份一一向对方做了介绍。

老夫妇听了友忠的话以后连连鞠躬，表达了他们的感激与惶恐。然而能够看出来，他们的内心仍旧有些犹豫。不久，老翁开口说道："大人您身份高贵且前程远大，今后会更加飞黄腾达的。承蒙您的一番厚爱，我们全家对您不知道如何感谢才好。只是我们这个女儿出身贫贱，是个笨拙的乡下丫头，没什么教养和学问。她实在不配成为一位高贵武士的妻子，哪怕只是提及此事都不配呀。不过既然武士大人您已经看中了小女，那么只要您不嫌弃她出身乡野、举止粗陋，我们便乐意将她送到您身边做服侍您的婢女。今后，还求武士大人对小女多加怜惜。"

天明之前，暴风雪已经止住。天空一改昨日，变得万里无云，东方升起了一轮红日。即使青柳用衣袖遮挡住那一轮红日的光芒，友忠也无法在此继续停留了。然而友忠却无论如何也舍不得与青柳分离。待一切准备停当即将出发之际，友忠对两位老人这样说道："此番承蒙二老关照，晚辈感激不尽，只是仍有一事求二老成全。晚辈与青柳已是两心相许、难舍难离，所以晚辈求二老能够将女儿立即许配与我，允许我将她带在身边一同上路。若得允准，我将视二老为父母，一生孝敬。出门在外难免准备不周，晚辈临时备了些薄礼略表心意，还望二老笑纳。"

　　说着，友忠拿出一个装有金子的钱袋，放在了谦卑的老翁面前。老翁再三俯首表示感谢后，又轻轻将钱袋推回给了武士，并且说道："大人您的好意我们心领了，我们身在这穷乡僻壤，想买什么也买不到，拿着金子也没什么用处。倒是大人您接下来还要在这冰天雪地里继续赶路，还是留下金子当盘缠吧。至于小女，我们就将她托付给您了。既然她已经是您的人了，要带走还是留下，全凭您的意愿，不必再征求我们的同意了。小女方才亲口对我们说，她愿意伴随您一同上路，只要您不嫌她碍事，就让她在您身边服侍吧。小女蒙大人您垂爱，我们全家都感到莫大的荣幸。至于我们老两口，武士大人您倒不必顾虑。在我们这个地方，别说嫁妆了，甚至连一身像样的衣裳都置办不出来。我们年纪大了，迟早要同女儿分别的。因此，您能收留小女，可真是我们求之不得的福气呀。"

　　友忠再三恳请二老收下金子，他们却执意不肯接受。看来二老的确不是贪恋钱财之人，将女儿托付给自己，乃是父母的拳拳爱女之心。于是友忠更加坚定了要将青柳带在身边的决心。他将青柳扶上马背，真心实意地同两位老人道别，感激之情溢于言表。

　　"武士大人！"老翁对友忠说道，"要说感谢，应当是我们感谢大人您才对。我们相信您一定能够善待小女的。小女跟您在一起，我们一百个放心……"

（至此，日文原作突然奇怪地中断了，以致前后文之间出现了一段空白，难以衔接起来。有关友忠母亲、青柳双亲，以及能登国藩主等人的事情，都没有再次提及。显然，作者写到此处有些厌倦了，于是潦草地做了叙述，只急于将那惊人的结局讲出来。对于原著省略的情节，我无法进行补充，也无法修正故事结构上的欠缺。不过我必须大胆地加上一些说明性的细节，否则后面的故事便无法与前文衔接起来。友忠带着青柳来到京都后，似乎遇上了意想不到的麻烦。然而后来他们两人在哪里生活，却是无从知晓。——小泉八云按）

话说回来，那个年代武士若无主君的许可，是不得擅自结婚娶妻的。友忠也不例外，何况他还身负着密使的任务，在任务完成之前是不可能得到主君的许可的。在这种情况下，友忠不免担心美貌的青柳会引起一些歹人的注意，那就意味着会有人企图把青柳从自己的身边夺走。因此，在京都友忠尽可能地将青柳隐藏起来，避免她落入别人好奇的目光中。然而有一天，细川政元的某位家臣见到了青柳，并知晓了她与友忠的关系，随即将此事禀告给了主君。当时细川政元年少风流，贪慕美色，便立即下令，将青柳强行带到了他的府邸里。

友忠闻讯悲伤不已，却又深知自己对此无能为力。自己不过是别国大名门下的区区一介使臣，面对的却是比自己的主公更有势力的细川大名,自己又怎敢违逆对方的旨意呢?况且,友忠也明白自己犯下了愚蠢的错误——违反武士的规定,私自迎娶了青柳,以致落入这般田地。如今希望就只有一个,那就是青柳靠自己的力量逃出细川府邸,然后和自己一起远走高飞——可是这个希望亦是极端渺茫的。

友忠考虑再三,决定给青柳写一封信。友忠自然知道这么做风险极大,写给青柳的信很可能落到细川政元的手中。外臣与宅邸中的女眷私传情信,一旦事发,将要受到严厉的惩罚。可即使如此,友忠仍旧决意冒这个险。他在信中写下了一首诗,此诗乃中国唐代诗人崔郊的一首七言绝句。全诗虽只有二十八个字,却倾注了友忠对青柳的全部爱恋与思念,以及恋人被无情夺走的痛苦。

公子王孙逐后尘,绿珠垂泪滴罗巾。
侯门一入深似海,从此萧郎是路人。

这首诗被送入府中的第二天傍晚,友忠便被细川大名传唤到了府邸。友忠觉得一定是自己送信之事败露了,那封书信既然已经被细川看过,那自己怕是要被处以极刑了。他暗暗心想:"如果青柳不能重新回到我的身边,我活着又有什么意义?若细川真的逼我去死,我也要砍下他的项上人头,陪我一同上路。"友忠将佩刀挂在腰间,急忙赶往细川府觐见。

友忠来到了正厅,只见细川政元正襟危坐,左右家臣衣冠楚楚,一字排列在两旁,就像一尊尊雕像般肃穆不语。友忠上前行礼时,周遭鸦雀无声,仿佛暴风骤雨到来之前的死寂。这时,细川大名突然站起身来走下宝座,一只手挽住友忠的胳膊,口中反复念诵起那首诗:"公子王孙逐后尘……"

友忠不由得抬起了头,只见细川大名神色温和,眼中隐隐泛着泪光。只听细川开口说道:"既然你们二人如此相爱,我便代替远方的亲戚——你的主君能登大名,准了你们的婚事吧。客人都已到齐,祝福的礼品也已经备好,你们可以在此立即举行婚礼。"

细川大名示意了一下,通向里间的槅门一齐向左右敞开。只见几位重臣早已在那里等候,只等仪式正式开始。青柳一身新娘打扮,只待友忠到来……至此,青柳重新回到了友忠的身边,他们在众人的簇拥下举行了隆重的婚礼。细川大名及家臣们也为新郎新娘送上了祝福的厚礼。

婚礼过后,友忠和青柳在一起共同生活了五年的时光。然而一天早上,青柳正和丈夫商量着家中的事情时,却突然发出了一声痛苦的喊叫,随即脸色变得苍白,然后昏了过去。过了一会儿她才醒过来,然后用微弱的声音艰难地说道:"对不起夫君,我方才的呼喊怕是吓到了您,只是那疼痛来得实在太过突然。夫君,你我二人今生能够结为夫妻,定是前世修来的姻缘。我相信,来世我们一定还会在一起。可是今生今世，我们的缘分便到此为止了。我这就不得不离开夫君了，只是我还有一个心愿，便是求夫君在我死后为我念经超度。"

"你在胡说些什么呢！"友忠十分惊讶地说道，"你只是一时感到身体不适，只要好好休息一段时间就会好起来的。"

"不，不是的，"青柳回答道，"我真的就要离开人世了，我不是在说胡话……事到如今，我也不必再隐瞒了。实际上，我并不是人，我的魂是柳树之魂，心是柳树之心，命便也是柳树之命。此刻有人正在无情地砍伐着我的树身，这就是我将不久于人世的原因。我甚至连哭都没了力气。快！快！夫君赶快为我念诵佛经吧，快……啊！"

一声痛苦的哀鸣之后，青柳便将头转向了一旁，试图用衣袖遮挡住自己美丽的面容。可是就在那一刻，她的身体开始奇异地向下坍缩，直到最后全部坍塌在地上。友忠赶快上前试图扶起妻子，然而青柳的身体已经消失了。榻榻米上只剩下从青柳身上脱落下来的衣裳，和戴在她头发上的发饰。

之后，友忠便削发出家，皈依了佛门，成了云游四方的一名行脚僧。他每到一地，都会参拜当地的寺庙，为青柳的亡魂祈福。一天，友忠在行脚途中路过越前国，便想顺道前去亡妻双亲居住的那间茅草屋拜访。然而当他来到昔日茅屋所在的山间时，却见此地并无任何人家,也没有昔日茅屋存在过的痕迹。在那个位置,仅有三棵柳树的树桩——两棵老树,还有一棵小树。看上去,这三棵柳树都是在友忠到达这里的几年之前被人砍断的。

友忠在三棵柳树桩前竖起了一座墓碑,并在上面刻了经文。之后,友忠还郑重地为青柳和她的父母做了多场法事,为他们的在天之灵祈福。

十六樱

在伊予国的和气郡,有一株声名远扬的老樱树,名唤"十六樱"。之所以叫这个名字,是因为这株樱树总是在阴历的正月十六开花,而且只在那一天开花。樱花盛开,通常要等到暖春时节。可是,这棵树却年年都在严冬之时绽放花蕾。实际上,"十六樱"并非依靠自己的生命力量开花,至少在最初时并非如此。这棵树里,栖住着一个人的灵魂。

那个人曾经是伊予国的武士,"十六樱"就长在这位武士家的庭院中。它原本与其他樱花树一样,也是三月末或四月初开花,武士小的时候经常在树下玩耍。长达百余年的时间里,每逢花开时节,武士的父母、祖父母,乃至祖祖辈辈,都会在五颜六色的纸笺上写下赞美樱花的诗歌,然后将之系在樱树的枝条上。后来,武士渐渐上了年纪,他的孩子们也都在他之前先后去世了。于是这世上除了这棵老樱树之外,再无别的人或事物值得武士留恋了。可不幸的是,某年夏天,这棵樱树也枯萎死去了。

老人为此悲痛不已。好心的邻居们见此情形，便挑选了一株美丽的樱树苗，将它栽种在了老人的院子里，希望以此给老人一些安慰。对乡亲们的一番好意，老人表示深深的感谢，脸上露出了笑容，然而他的内心里，却依旧悲痛万分。那棵老樱树寄托着老人无限的哀思，失去它，任何东西也无法让老人感到安慰。

老人日思夜想，终于想出了一个绝妙的主意，能够让枯萎的樱树起死回生。那天恰好是正月十六日，老人独自来到院中，在枯萎的老樱树前鞠了一躬，然后对它说道："请求你再开一次花吧，我愿为你的重生，献出自己的生命。"

（人们相信，通过向神明乞求，人不仅可以将自己的生命转赠给其他人，甚至还能够转移给动物或草木。而这种转移生命的事情，在日语中叫作"替身"。——小泉八云按）

说完，老人在樱花树下铺上白布，又摆上蒲团，然后盘腿端坐其上，按照武士的规矩，切腹自尽了。于是，武士的灵魂依附在了樱树上，老树立刻开满了美丽的樱花。

从那以后，每逢正月十六日，哪怕天寒地冻、雪花纷飞，那棵樱树也会如期开花。

安艺之介梦游记

很久以前,在大和国 [1] 的十市郡,曾经住着一位乡士 [2],名叫宫田安艺之介。

安艺之介家的院子里,有一棵古老的杉树。到了炎热的夏天,安艺之介便习惯坐在树荫下乘凉。一个闷热的午后,安艺之介和其他两位同是乡士的好友在杉树下歇息。他们谈笑风生,不时地还小酌几杯,不久便有了一些醉意。安艺之介感到一阵困倦,便向两位好友道一声失礼,随后就在二人面前席地而卧,头枕在杉树的树根上睡着了。

朦朦胧胧间,安艺之介看到从附近的山坡上走来了一支像是大名行列 [3] 的队伍。那队伍壮观无比,又豪华又有排场,正朝着安

---

[1] 大和国:日本古代的令制国之一,其领域相当于现在的奈良县。
[2] 乡士:指日本封建时代的下层武士,既从事农耕,又习武兼任兵士,身份世袭,相当于英国的yeoman(自耕农)。(作者原注)
[3] 大名行列:诸侯携仪仗、随从正式出行时的长队。

艺之介家的方向走来。安艺之介赶忙来到了大街上，站在一旁观看。几名衣饰华丽的年轻侍从走在队伍的前面，牵着一辆被称作"御所车"[1]的巨大的朱漆花车，车上垂挂着长长的宝蓝丝绸彩带。队伍在离安艺之介家不远的地方停了下来。这时，一位气度不凡，看上去身份高贵的人从队伍中走出，来到了安艺之介的面前，深深地鞠了一躬，说道："请恕冒昧，在下是常世国[2]的大臣，奉主上敝国国王之命，前来拜访阁下，并恭迎阁下前往敝国王宫，与敝国国王一叙。我等已备好车马，还请阁下即刻动身启程。"

听到对方这些话，安艺之介惊诧不已，本打算说些客套话道谢，却一时间感到无所适从，竟不知道说什么好。与此同时，他的意识也变得有些模糊，不由自主地听从大臣的劝说上了车。那位大臣坐在安艺之介旁边，向侍从们打了个手势。侍从们握紧锦缎缆带，将巨大的御所车掉转头，一路向南行去。就这样，安艺之介开始踏上了一段奇特的旅程。

令安艺之介吃惊的是，车行不久便来到了一处巍峨的中国式宫

---

[1] 御所车：京都御所周边的天皇敕使及贵族们所乘之车，饰以紫藤之花等，有车役跟随。

[2] 常世国：日本神话中，位在大海彼方之国，是一个永久不变的不老不死、返老还童的理想乡，《古事记》《日本书纪》《万叶集》《风土记》等可见其相关记述。

城前。安艺之介此前从未见过这样气派的宫城。大臣率先下了车，对安艺之介说道："此处便是敝国王宫，在下先去通禀，请尊驾稍候。"说完便不知了去向。

不大一会儿，只见两位身穿紫色绢袍，头戴高冠，气度高贵的侍官从大门里面走了出来。两位侍官恭恭敬敬地向安艺之介行过礼后，便搀扶着安艺之介下了车。随后，两位侍官在前面引路，领着安艺之介进了大门，穿过宽阔的庭院，来到了一座东西长达数里的巨大宫殿前。侍官带领安艺之介进入宫殿，将他请进了一间金碧辉煌的会客室。待安艺之介坐在贵宾席上后，两名侍官便退下，恭恭敬敬地站到了一旁。这时，身穿宫装的侍女们端上了茶点。待安艺之介用完茶点后，两位紫衣侍官再度走到安艺之介的面前，深深地鞠了一躬，遵照宫里的规矩，依次禀道："我等奉国君之命，特来禀告。此次恭迎尊驾入宫的原因是，敝国君主钦定阁下为驸马，并且，今日就须与公主殿下成婚，此乃圣命。接下来，我等要带您前去觐见国王陛下，陛下已经在殿中恭候多时了。不过，在此之前还请阁下更衣，换上典礼用的礼服。"

说完，两位侍官来到了一个带有金漆彩画的巨大衣柜前。两人打开衣柜门，从中挑选出做工精致的华服及各类装饰束带和头冠，接着服侍安艺之介穿戴整齐。经过这一番打扮，安艺之介俨然有了驸马的样子。之后，他们便将安艺之介领进了正殿。只见常世国的国王陛下身穿黄色长袍，头戴黑色王冠，端坐于御座之上。

御座之下，众多文武大臣分列两侧，神情肃穆，如同寺院里的佛像一般一动不动。安艺之介从中间走过，按照规矩行三叩头礼。礼毕，国王用温和的语调对安艺之介说道："想必你已经知晓，朕召你入宫所为何事。朕已经决定将唯一的女儿许配于你，婚礼即将举行。"

国王讲完话，宫中传来了一阵优雅的乐曲声。美丽的宫女列队从帷幔后面走出，将安艺之介领到了另一个房间，新娘和众来宾早已在那里等候。

那是一间宽敞的房间，可即使如此，却仍然被前来参加婚礼的宾客们挤得水泄不通。安艺之介与待嫁的公主面对面坐在了事先准备好的坐垫上。来宾们纷纷向新郎新娘行礼祝贺。新娘身姿婀娜、貌比天仙，身上的蓝色礼服明艳似夏日的碧空。在一片喜庆祥和中，婚礼顺利结束。随后，两位新人被领进了事先布置好的新房，这里堆满了宾客们送来的众多贺礼。

数日之后，安艺之介再次被召至殿前，接受国王陛下的盛情款待。席间，国王对安艺之介说道："吾国领地的西南，有一岛名唤莱州。莱州的百姓性情温顺，服从王威，只是他们的风俗、成规与常世本土相差极大。朕今日任命你为莱州的郡守，希望你用自己的智慧教化岛民，改良风俗，统整律法，开启民智。朕已经为你做好了去莱州所需的一切准备，你这就出发吧。"

于是，安艺之介受命带着新婚妻子离开了常世国的王宫，动身奔赴莱州。众多贵族大臣一路相送，将他们送到了海边码头。安艺之介一行人在此乘上了国王为他们准备的豪华大船，一路顺风，不久便到达了莱州。岛上的民众早已得到消息，纷纷来到海边，热情迎接远道而来的新郡守。

安艺之介上岛后立即走马上任，他才智过人又勤政爱民，一切事务对他而言并非十分困难。最初的三年，安艺之介主要致力于法律条文的制定与实施。由于有贤明的谋士辅佐，所遇困难皆迎刃而解，工作上不曾有一件事情让安艺之介感到不愉快。待一切都步入正轨后，除了依照传统必须履行的仪式祭典之外，再无需要郡守亲力亲为的事了。由于岛上气候适宜、物产丰富，所以岛民们不为疾病和贫困所苦，并且岛民们天性善良，从不违法乱纪。至此政通人和，安艺之介在莱州一共平安驻守了二十三年。在此期间，他与公主恩爱幸福，生活中不曾有任何悲伤之事。

然而，就在安艺之介担任郡守的第二十四个年头，一件重大的不幸之事降临了。为安艺之介生下了五男两女共七个孩子的公主，不幸身染重病，撒手西去了。安艺之介为妻子举行了盛大的葬礼仪式，将她风光厚葬于美丽的盘龙岗，并立了一块巨大的墓碑。妻子的去世给安艺之介带来了沉重的打击，令他痛不欲生。

服丧期满后,常世国国王派了一位使者到莱州。使者先是转达了国王的哀悼之情,之后宣读了国王陛下的旨意:"常世国君有旨:命莱州郡守即刻返回国都。七位子女,皆为王孙,朕必将好生善待,悉心教导,钦此。"

　　安艺之介领了旨意,便开始做出发的准备。他妥善交接了所有的公事,并与谋士和手下心腹一一告别后,才在岛民们的簇拥下登上了返回常世国的大船。船在一片晴空下缓缓离开海岸,莱州岛在安艺之介的眼中渐渐变成了一个小黑点,最终消失在了海面上……

　　这时,安艺之介猛地睁开了双眼,发现自己仍旧躺在自家院子里的杉树下。原来只是一个梦。一时之间,安艺之介脑子里一片茫然。他缓了一阵儿,定睛一看,发现两位好友依旧坐在自己身旁饮酒谈笑。安艺之介望着二人,感到迷惑不已,不由得大叫道:"真是太不可思议了!"

　　"喂,我说安艺之介,你是不是做了个梦?"其中一人笑着说道,"那你说说,你到底梦见了什么不可思议的事儿?"

　　于是,安艺之介对两位好友讲述了梦里的事情。他告诉他们,自己在常世国的莱州岛住了二十三年。二人听了之后面面相觑,惊讶不已。因为事实上,安艺之介从入睡到醒来一共不过短短几分钟的时间。

其中一位好友说道:"这的确是一个不可思议的梦啊。其实,就在你迷迷糊糊地睡着的时候,我们也看到了一件不可思议的事情。一只黄色蝴蝶在你的脸上飞来飞去,不久便落在了你旁边的地上。而蝴蝶刚落下,便有一只巨大的蚂蚁从旁边的洞里钻出来,抓住蝴蝶将它拽进了蚂蚁洞。不过就在你醒过来之前,那只蝴蝶又从蚂蚁洞里飞了出来,同之前一样在你的脸上飞来飞去,之后就消失不见了,也不知道它飞到哪里去了。"

"我说,那只蝴蝶应该就是安艺之介的灵魂。"另一位好友如此说道,"我似乎看见它飞进了安艺之介的嘴巴里……可是,假使那只蝴蝶真的是安艺之介的灵魂,那么它和安艺之介做的梦又有什么关系呢?"

"也许看一看蚂蚁窝里的情况就会明白了。"一开始说话的那位好友又说道,"蚂蚁是一种很有灵性的生物……不如我们去那棵杉树根下的蚂蚁窝看看吧。"

听二位好友这么一说,安艺之介也有些意动:"那我们就挖开蚂蚁窝来看个究竟!"说罢,他便取来了铁锹,开始挖了起来。

杉树根及周围的土地下的情况令他们大吃一惊。巨大的蚂蚁群把地下挖掘一空,还在里面筑起了巢穴。它们用麦秸、黏土以及植物根茎搭建起复杂的建筑,整体看上去像是一座微型的城市。在蚂蚁窝中心的一座最为宽敞的建筑物里,卧着一只巨大的蚂蚁。

它有一个长长的黑脑袋，身上还长着一对淡黄的翅膀。在它的四周，聚集着无数的小蚂蚁。

"啊！这不就是梦中的那位国王吗？"安艺之介大叫了起来，"这里就是常世国的宫殿，真是不可思议！那么莱州应该就在它的西南面，在树根的左侧，是的，就在这里！真是不可思议！如此看来，或许还可以找到盘龙岗，公主的坟墓就在那里……"

安艺之介在被挖开的蚂蚁洞穴中仔细地寻找着。许久，他终于发现了一个小小的土丘，上面还放着一块像是佛塔的小石子。拿走石子，扒开泥土，果然里面有一只雌性蚂蚁的遗骸。

幽灵瀑布的传说

在伯耆国[1]黑坂村[2]附近有一座瀑布,人称"幽灵瀑布"。其名称来历不详,瀑布下面的水潭旁边有一座小小的神社,神社里供奉着当地人口中的"瀑布大明神"。神社前面摆放着一个功德箱,关于那个功德箱,当地流传着这样一段传说。

距今三十五年前的一个寒冬的夜晚,黑坂村的一个纺麻作坊里,结束了一天工作的女工们,正围坐在一只大火盆前,兴致盎然地讲起了怪谈故事。大家你一言我一语,七嘴八舌地聊了十来个故事,几乎所有在座的人都已经被吓得毛骨悚然了。就在这时,一个年轻姑娘为求更强烈的刺激,壮着胆子大声说道:"今晚有谁敢一个人去幽灵瀑布走一趟吗?"

---

[1] 伯耆国:日本古代的令制国之一,其领域大致为现在的鸟取县中部及西部。
[2] 黑坂村:位于现在的鸟取县日野町。

听她这么一说,所有人都不约而同地发出了一声惊叫,接下来便是一阵哄笑。

"谁要是敢去,我就把今天纺的麻全都送给她。"一个人奚落道。

"我同意。"

"我也同意。"

"对,我们大家把纺的麻全都送给她!"

女人们一个接着一个地说道。这时,人群当中有一位名叫安本御胜的木匠家的媳妇站了起来。御胜背上背着她两岁大的儿子,那孩子裹在暖和的襁褓里睡得正香。

"我说,如果大家真的愿意把今天纺的麻都给我,我现在就一个人去幽灵瀑布走一趟。"

听御胜这么一说,大家不禁发出了惊叹和嘲笑。她们用怀疑的眼光望着御胜,可御胜再次认真地重复了刚才说的话。这下,大家的态度才变得严肃起来。最后,所有人都一致同意,如果御胜真的一个人去了幽灵瀑布,自己就把当天纺的麻全部送给她。

"可是,怎么能够知道御胜真的去过幽灵瀑布了呢?"有人毫不客气地提出了质疑。

"对呀!依我看,最好是让御胜把神社里的功德箱搬来。这个证据再有力不过了。"一位老婆婆在一旁回答道。

"好,我一定把它搬回来。"御胜高声立下保证,说完,便背着熟睡的孩子走出了屋门。

　　这个寒冷的夜晚，天空十分明净。夜空下，御胜一个人急匆匆地走在寂静无人的街道上。寒风之中，所有人家的门窗都紧闭着。不久，御胜出了村，来到村外的一条小路上，小路两侧是霜冻的稻田。四下里万籁俱寂，星空下只能听到御胜独自行走的木屐声。约莫走了半个时辰后，道路开始变得狭窄弯曲。接着，御胜来到了通往山下的一条羊肠小道。再往前走，四周越来越黑，道路也越发崎岖不平。不过御胜对这条路非常熟悉，不大一会儿，便听到了瀑布倾泻而下的落水声。再往下走一小段，便来到了山涧下的溪谷。走到这里，御胜眼前豁然开朗，刚才还是哗哗的流水声，现在竟变成了巨大的轰鸣声。她抬眼望去，黑暗之中依稀可见一条长长的白色水帘反射着些许微光。接着，御胜努力朝坐落在瀑潭一旁的神社望去，隐隐约约看到了神社前面放着的功德箱。御胜立刻跑了过去，然而就在她伸手去拿功德箱的时候……

　　"喂，御胜！"突然，从飞流直下的瀑布中传来了一声低沉的怒喝，像是对御胜发出警告。御胜顿时被这突如其来的声音吓得呆住了。

　　"喂，御胜！"那声音再一次在御胜耳边响起，警告的意味比上一次更浓了。

　　可是，御胜向来是个胆大的女人。她定了定心神，一把抱起功

德箱，转身就跑。她一路狂奔，一刻也不敢停歇，一直跑到村外的小路上才敢停下来喘口气。在那里休息片刻后，御胜又继续跑了起来。终于，御胜回到了黑坂村，敲响了纺麻作坊的大门。

当御胜怀里抱着功德箱，气喘吁吁地走进屋里时，在那里等候的女人们无不发出一声惊叹。大家屏息凝神，听御胜讲述这一路的经历。当听到幽灵瀑布里两次传来呼叫御胜名字的声音时，大家不禁既同情又钦佩，纷纷称赞起御胜来。

"御胜可真了不起呀！"

"御胜真是太勇敢了！"

"我这就把今天纺的麻都拿过来……"

这时，那位年长的老婆婆开口道："御胜呀，可怜你背上的孩子，怕是在外面受了寒。快，快把孩子抱过来暖和暖和。"

"嗯，孩子一定也饿了，我这就给他喂奶。"御胜说道。

"可怜的孩子呀……"老婆婆一边说着，一边将御胜背上的襁褓解了下来。

"咦？这背上怎么湿漉漉的？"说完，老婆婆忽然失声尖叫起来，"啊！是血！是血呀！"

只见从襁褓里掉出了一件沾满鲜血的婴儿衣服，里面只露出了孩子紫黑色的小手和小脚。而孩子的头，却不知何时被从脖子上揪掉了。

茶碗之中

距今约二百二十年的元和[1]三年（公元1617年）正月初四，中川佐渡守带领着一行随从，在江户城中巡视，途中来到了本乡白山的一座茶屋。一行人在此稍加歇息，其间一个名叫关内的若党[2]口干舌燥，便给自己倒了满满一大碗茶水。他将茶碗端到嘴边，待要饮下时，突然发现清澈透亮的黄色茶水当中，倒映着一张别人的脸。关内大吃一惊，扭头四处张望了一番，可附近并没有其他人。

茶碗中映出的那张脸，从发式来看，应该是一位出身高贵的年轻武士。只见那张脸清晰地浮现在水面上，看样子眉清目秀，轮廓纤细如少女，而且眼睛和嘴巴还在微微动着，简直与真人无异。

---

[1] 元和：日本后水尾天皇的年号，指的是1615年到1624年这段时期。
[2] 若党：身份较低的武士，平时在身份较高的武士身旁做其侍从。两者的关系，类似于西方骑士与其侍从。（作者原注）

这奇异的景象令关内惊诧不已，于是他倒掉茶水，将茶碗里里外外仔细地查看了一番。可那茶碗实在普通，不过是随处可见的廉价货，碗内也没有描绘任何花纹或图案。接下来关内换了另一只茶碗，同样倒了一整碗茶水。谁知，茶水中再次浮现了方才的那张脸。无奈，关内取出茶叶，重新沏了茶水，然后再次倒入碗中。结果，那张脸竟然又出现在了茶碗之中，甚至还露出了嘲弄般的笑容。

关内倒抽了一口凉气，极力压制住内心的恐惧。"你到底是什么人？"关内对着茶碗低声说道，"你迷惑不了我的！"说罢，关内端起茶碗，将碗中映着那张脸的茶水一饮而尽，随后便跟着同僚离开了茶屋。一路上，关内心里琢磨着，自己会不会把鬼魂也吞进了肚里。

那天晚上，关内在中川府邸内值夜时，惊讶地发现一个陌生人悄声无息地走了进来。只见来客是一位衣着华丽的年轻武士。他在关内的对面落座，向关内微微躬了躬身，简单致礼后开口说道："本人姓式部，名平内，今日初次见面，你似乎认不出我了？"

陌生武士的声音有些低沉，可听起来却很清晰。这时关内才惊觉，眼前这个人的脸，正是白天自己在茶碗里见到的，并将之与茶水一同饮下的那张英俊而诡异的脸。就连他脸上泛着的一抹嘲弄笑意，都与茶碗中那张脸上的表情如出一辙。然而，武士脸上

虽然带着笑，两只眼睛却定定地望着关内，流露出挑衅和侮辱的意味。

关内强压怒火，故意冷淡地回答道："哦，我的确不认得你。"随后，关内又反问道："相反，我倒要请问，你是如何进到这座府邸的？"

（封建时代，大名的府邸无论何时都有人严加把守。除非守卫出现重大失职，否则未经通报，任何人都不可能随意进入。——小泉八云按）

"哦？您说不认识我？"这位不速之客的语气中明显带有讥讽的味道。说着，他抬高了声音，向关内缓缓逼近，"不认得？你明明今早还曾对我造成了致命的伤害……"

关内猛地抽出腰间的短刀，径直朝着那陌生武士的喉咙刺去。可不知为何却刺了个空，刀刃似乎没有碰到任何东西。与此同时，那位不速之客则迅速悄无声息地躲到了墙边，眨眼间便穿出墙壁，消失不见了。那墙壁上没有留下任何穿透的痕迹，就好像烛光穿透了纸质的灯罩一般。

当关内将这件事通告给同僚后，大家都感到十分惊讶和困惑。因为昨晚事件发生时，谁都没有发现有任何外人出入府邸。而且，中川的家臣当中，也没有谁听说过式部平内这个名字。

第二天晚上，关内不用当值，便和父母一起待在家中。不料深夜时分，家里仆人前来通报，说突然来了几名陌生的访客，声称有要事要与关内商量。关内立刻提着长刀向门口走去。来到玄关处时，只见三个武士打扮的人，手持佩刀在门外等候。

见关内出来，三个人毕恭毕敬地向关内鞠了个躬，随后其中一人说道："我们三人，名字分别叫松冈文吾、土桥久藏和冈村平六。我们是式部平内大人的家臣。我家主人昨晚特地来拜访阁下，不料却被阁下用短刀刺伤。无奈，主人伤势严重，不得不泡温泉疗伤，预计要到下月十六日才能返回。届时，我家主人，定会上门前来复仇……"

不等来人将话说完，关内猛地拔出刀，一个箭步冲了上去，挥刀冲着那可疑的来客一通乱砍。可是，那三个人也和他们的主人一样，如影子般立即闪到墙边，迅速地穿出墙壁，消失不见了……

这个古老的故事至此便中断了。接下来的情节，或许在某个人的记忆当中，可那毕竟是百余年以前的事情，如今早已化为尘土了。

我也曾经想过几个这个故事可能的结局，不过，这其中没有一个，能够符合西方人的思维习惯。因此我认为，或许最好的选择，便是让读者自己自由地发挥想象。人如果吞下了鬼魂，之后究竟会怎么样？

常识

从前，在京都附近的爱宕山上，住着一位学识渊博、佛法精深的僧人。他十分勤勉，日日打坐诵经，精研佛法，从不懈怠。不过这位僧人居住的小寺庙远离村落，周围人烟稀少，如果没有外界的帮助，那么他连日常生活的必需品也得不到。幸好，附近有几位虔心向佛的村民，每月都会送来蔬菜和大米，才使得僧人的生活得以维持。

在这些善良的村民当中，有一位猎人，经常来到山里狩猎。一天，猎人扛着一袋子米来到了寺中。僧人对他说："自从上次和你见面之后，我遇见了一件奇异的好事。我不知道，为什么这种好事会发生在我的身上。不过正如你知道的那样，我多年来一直潜心修行，每天都在认真诵读、钻研佛经，丝毫不敢懈怠。难不成，在我身上发生的事情，正是这些功德的结果？或许，也并非如此。但无论怎样，有一点是可以肯定的，那就是每天晚上普贤菩萨必会骑着白象来到这个小寺。依我看，今天晚上你不如就住在寺里，也来一睹普贤菩萨的真身。"

猎人回答道:"能够见到这样神圣的景象,是我一生的荣幸,我非常高兴能够留下来,同法师您一同敬拜菩萨真身。"

于是,那天猎人便留在了寺庙里。可是,当僧人打坐诵经的时候,猎人却不禁开始起了疑心:僧人口中的奇迹,真的会出现吗?他越想越觉得事有蹊跷。寺里有一位小沙弥,猎人便向他问道:"听法师说,普贤菩萨每晚都会来到寺里,你是否也曾亲眼见过呢?"

"已经有六次了,"小沙弥回答道,"我们都亲眼看到并虔诚地敬拜了普贤菩萨。"

听小沙弥这么一说,猎人反倒更加怀疑了。当然,猎人也知道小沙弥并没有撒谎。他想着,既然小沙弥能够见到这个奇迹,那么自己应该也能够见到。于是,猎人一直没有睡觉,等待着僧人口中普贤菩萨显灵的那一刻。

临到午夜前,只听僧人宣布道:普贤菩萨马上就到,请大家准备迎接。于是,小小的寺庙敞开了大门,僧人面朝东方跪在了门前。小沙弥也一起跪在了僧人的左侧,猎人则恭敬地跪在了僧人的身后。

此时是九月二十日的夜晚。四下里荒凉、黑暗,还刮着大风。三个人一动不动地等待着普贤菩萨的出现。终于,一点白色的亮光,像一颗星星出现在东方。随后那亮光迅速向小寺靠近,变得越来越大,越来越亮,不久便照亮了整面山坡。紧接着,那道亮光开始现出形状，正是普贤菩萨骑在六牙白象上。转眼间，那白象载着普贤菩萨来到了寺庙前，宛如一座月光所凝的小山。这景象，实在是妙不可言。

这时，僧人和小沙弥一齐忙不迭地向着菩萨叩首膜拜起来。然而，猎人却突然拿起弓箭，猛地从二人背后站起了身。他张弓搭箭，用力将弓拉满，瞄准那发着光芒的菩萨便是一箭。这一箭直直贯入菩萨的胸膛，就连箭矢的尾羽都快没入了。

随着一声雷鸣般的巨响，佛光消散，菩萨的身影也随之消失。小寺前重新变得一片漆黑，只余夜风呼啸。

"啊！你这是在做什么？"僧人眼中流出了愤怒而绝望的泪水，他大声喊叫道，"你这可恨的恶徒！你看看你都做了什么，可真是造孽呀！"

面对僧人的责备和怒斥，猎人既没有后悔之意，也没有表示出气愤。随后，猎人温和地对僧人说道："法师，请您静下心来慢慢地听我说。您认为，或许是因为您积年累月诵读佛经，修行功德，所以才能见到普贤菩萨显灵。但是您不妨仔细想一想，若真是这样的话，那也只有您一个人能够见到菩萨，我和小沙弥却是不能的。我不过是一个粗鄙无知的猎人，以捕猎杀生为业。这在菩萨看来，该是何等的罪孽深重？既然如此，我又如何能够得见普贤菩萨的真身呢？尽管我曾听闻，佛陀无处不在，可像我这样愚昧无知又造业甚多的庸人，是无论如何都见不到菩萨显灵的。或许法师您

因为学识渊博，多年来修行不辍，如今达到了大彻大悟的境地，因而得以拜见菩萨真身。而像我这样为了生存，终日捕杀鸟兽的人，又如何能有这般福分呢？可就在方才，法师您所见到的菩萨显灵，我和小沙弥也都见到了。既然如此，那么我们所见到的，根本就不是真的菩萨，而是一个妖怪为了蒙蔽您甚至加害您所化成的幻象。请您先静下心来，耐心等到天明。天亮以后，事情就会真相大白。"

日出之后，猎人和僧人一起来到了昨夜菩萨现身的地方，在那里发现了一道血迹。他们顺着血迹走出数百步，来到了一座山谷里。只见一只大獾的尸体横卧在山谷间，胸前插着一支长箭。

僧人有着高深的学识和虔诚的信仰，却轻而易举地被獾精所欺骗。而猎人虽目不识丁且少有信仰，却有着丰富的常识。他仅仅依靠自身的常识，便识破并摧毁了妖魔那惑人的幻术。

生灵

从前，在江户的灵岸岛上，有一个名叫喜兵卫的富商，经营着一家瓷器老铺。喜兵卫长期雇用着一个名叫六兵卫的人做这家店的掌柜。六兵卫则利用自己的才干，把店铺经营得十分红火，以至于一个人忙得不可开交，不得不再增加人手。六兵卫经喜兵卫同意，另外雇了一名有经验的帮手。这个帮手便是六兵卫自己的侄子，一个年仅二十二岁的年轻人，曾经在大阪的一家瓷器店里做过学徒。

这位侄子非常能干，在做生意上甚至比他那经验丰富的叔父更加厉害。因此，店铺的生意越发兴隆，东家喜兵卫见了以后喜出望外。可是，来到店里才刚满七个月，年轻人的身体状况却开始极度恶化，看上去似乎性命难保。喜兵卫请来了全江户的名医为他诊治，然而所有的医生看了以后都查不出病因所在。医生们甚至连药方都无法开出，只说这病是由某种不为人知的忧愁所引起的。

六兵卫猜想，或许自己侄子得的是相思病？于是他对侄子这样说道:"我一直在想,你年纪轻轻的,是不是暗恋上了哪位女子,对她朝思暮想,以致染上了心病?若果真如此,那么你就不要把烦恼藏在心里,可以告诉我这个叔父。你的父母远在他乡,在这里我就如你的亲生父亲一般。如果你有什么忧愁或是痛苦的事,我可以像你父亲一样设法帮助你解决。如果你需要用钱,无论金额大小,你都不必见外,尽管向我开口。不光我会尽力帮助你,只要能让你的身体好起来,东家喜兵卫也会乐意相助的。"

病床上的年轻人听到叔父这番亲切的话语,却是一副很为难的表情。他沉默了片刻,才终于开口道出了实情:"叔父,您的热情关照,我这一生都不会忘记。不过,我并没有暗恋上任何女子。我的病不是医生可以治愈的,也不是金钱能够解决的。老实说,我是被这个家里的恶灵给缠住,几乎要活不下去了。无论白天黑夜,无论我置身何处,是在店铺里还是在我自己的房间里,也无论是独自一人还是和他人在一起,我总是会被一个女人的影子纠缠折磨着。我已经好长时间没有睡过一个安生觉了。因为只要我一闭上眼睛,那个女人的影子就会紧紧卡住我的脖子,试图掐死我。所以,我每天晚上都无法入睡……"

"这些话,你为什么不早点说出来?"六兵卫说道。

"唉,因为我说了也没有用的。那个影子并非死人的鬼魂,而是一个对我充满仇恨的活生生的人。而且这个人,叔父您也非常熟悉。"

"那她究竟是谁?"六兵卫惊讶地问道。

"就是这家店的老板娘,东家喜兵卫的妻子,她想杀了我。"

六兵卫听了侄子的一番话后,感到十分为难。他相信侄子所言句句属实,只是他实在不明白,为何喜兵卫妻子的生灵要纠缠这个年轻人。所谓生灵,通常是无望的恋情,或者是强烈的憎恶,在本人不知情的情况下,形成怨灵纠缠在了对方的身上。侄子遭遇的情况,自然不可能是恋情,毕竟喜兵卫的妻子已经年过五旬了。而另一方面,这位年轻的伙计又能做出什么让人憎恶的事情,以致让生灵无比怨恨,纠缠不休呢?他向来品行端正,待人彬彬有礼,工作尽职尽责,一切都无可挑剔。

面对这一难解的谜题,六兵卫苦苦思索了许久,最终决定将事情的原委一五一十地向东家喜兵卫说明,并恳请他帮助调查解决。

听了六兵卫的话,喜兵卫感到大为震惊。这四十余年来,喜兵卫从未怀疑过六兵卫所说的话。于是,喜兵卫立即把妻子叫来,告诉她生病的伙计都说了些什么,并谨慎地向她询问起这件事。起初妻子只是面色苍白,哭泣着不说话。在犹豫了一会儿之后,她终于决定坦率地将实情道出。

"我想,那个新来的伙计所说的生灵,应该确有其事。尽管我尽量不在言语和眼神中流露出来,但其实心中已经对他厌恶至极。你也知道,那个年轻人精明能干,做起买卖来十分在行。正因为如此,你对他委以重任,给了他很大的权力,连家中的仆人和店里的学徒也归他管辖。可是我们的独生子,将来是要继承家业的,他那么单纯善良,很容易被别人的花言巧语所欺骗。我是担心,总有一天那个能说会道的伙计,会从我们儿子手中骗走全部的财产。事实上,我敢肯定,那个伙计随时都可以不费吹灰之力,且不付出任何代价便把我们的店铺搞垮,令我们的儿子一无所有。自从我想到了这一点,我就禁不住对这个伙计又惧怕又厌憎。我巴望着他赶快死掉,甚至想过亲自动手将他杀死。唉,我当然知道,这样憎恨任何人都是不应该的,可我却无法控制住自己的情绪。那伙计对六兵卫所说的'生灵',或许就是我日夜对他的诅咒所化。"

"仅凭自己的一个念头,就这样害人害己,你真是太荒唐了!"喜兵卫斥责道,"那个伙计至今从未做过任何错事,你却令他遭受如此残酷的折磨。我看不如这样吧,我在别的城市开一家分号,然后把那个伙计和他的叔父一起调到那边去经营。这样一来,你就没必要再继续怨恨他了吧?"

"只要你把他从这个家里打发出去,让我看不见他的人,听不见他的声音,我想我就不会再那么厌憎他了。"

"好,那就这么定了。"喜兵卫说道,"如果你今后继续诅咒那个年轻人的话,他一定会死的。这样,你就是害死了一个对咱们只有恩没有仇的人,从此变成了一个罪人。更何况,他还是个在任何方面都无可挑剔的好伙计。"

很快,喜兵卫就在另一座城市里开了个分号。他将六兵卫和那个年轻人一起派到分店去打理生意。从那以后,那个年轻人很快便恢复了健康,再也没有被生灵纠缠过。

阿龟的故事

在土佐国[1]的名越，有一位富商权右卫门，他的女儿名叫阿龟[2]。阿龟于二十二岁那年嫁与二十五岁的八右卫门为妻，婚后夫妻感情甚笃。因为阿龟对丈夫一往情深，世人都以为阿龟是个好吃醋的女人。可是，八右卫门并没有做过什么让妻子吃醋嫉妒的事情，夫妻之间也从未因此而拌过嘴。

但不幸的是，阿龟的身体很是虚弱。结婚还不到两年时间，阿龟便染上了当时在土佐流行的疾病。请来了名医治疗，却根本不见成效。患上这种疾病的人，茶不思饭不想，身体渐渐衰弱，整日昏昏沉沉，大脑陷入奇妙的幻觉。即便一家人不分昼夜地守护着，阿龟的病情也仍不见好转，反而日趋恶化。阿龟也知道自己大限

---

[1] 土佐国：日本古代的令制国之一，其领域为今四国南部的高知县。
[2] 阿龟：原指日本的一种传统面具，形似圆脸高颧骨低鼻梁的女性，后也用来称呼长这种相貌的女子。

将至,时日无多了。

这天,阿龟把丈夫叫到身边,对丈夫说道:"我患了如此绝症,您却始终守护在我的身边,让我从心里感激。天底下再也没有比您更好的男人了。尽管如此,我却不得不与您分别,这真让我感到伤心……细想起来,我今年还不到二十五岁,有幸遇上了您这么一位好丈夫,却又不得不早早地离开人世……唉,如今您也不必再安慰我了,我的病连来自中国的名医都已经无能为力。我本以为自己还能再坚持数月,可是今天早晨照着镜子,我意识到今日大限已至。为了我能幸福安心地死去,我想提出一个请求,不知能否得到您的同意。"

八右卫门不觉一阵心酸,回答道:"有什么心愿你就说吧,只要我能够办到,我就会竭尽全力满足你的。"

"不,不,我想这件事您不会乐意去做的。"女人回答道,"您还年轻,我的请求会让您感到非常为难。可是,我的这一愿望像一团烈火,在胸中熊熊地燃烧着,临死前一定要说出来。我死了以后,家人迟早还会让您重新娶妻的。可是,您能否答应我,向我保证,不再续弦另娶?"

"就这么点儿事吗?"八右卫门大声说道,"你不必担心,这么一点点请求,满足你简直轻而易举。我发誓,这一生只有你一个妻子,不会再娶别人。"

"啊,我太高兴了!"阿龟勉力地从病榻上坐起,高兴地叫道,

"啊,我太高兴了!我太幸福了!"话刚说完,阿龟便又瘫倒,就此撒手人寰。

阿龟死后,八右卫门的身体也渐渐虚弱了起来。最初,村里人还以为他是因为失去挚爱的妻子过于悲痛才会这样。大家纷纷赞叹道:"八右卫门可真是个痴情的好丈夫啊!"可是过了两三个月以后,八右卫门的气色仍不见好转,而且身体越发虚弱,整个人瘦得皮包骨头,看上去就像是个幽灵。

村里人这才开始起了疑心,一个年纪轻轻的男子,身体突然变得如此虚弱,恐怕不只是悲伤所致了。于是他们请了医生来为八右卫门诊治。然而医生们也弄不清楚他究竟得的是什么病,只判断可能是某种非常特殊的精神力量导致的。八右卫门的父母再三询问儿子,却始终没有问出什么来。八右卫门表示自己悲伤的原因父母都十分清楚,自己并没有隐瞒什么。父母劝儿子再婚,可八右卫门断然回绝了,称自己已有誓约在先,绝不能违背对亡妻的承诺。

自那之后,八右卫门的病情日益加重,变得越来越虚弱了。连他的家人都对他的病不抱任何希望了。可即使如此,八右卫门的母亲仍然觉得儿子对自己有所隐瞒,于是再次哭着劝说八右卫门,希望他说出自己病倒的真正原因。看到母亲伤心落泪,八右卫门再也无法拒绝母亲的恳求,便向母亲坦露了实情。

"母亲!这件事情,不管是对您还是其他人,我都难以启齿。

即便我如实说了，恐怕也不会有人相信。事实上，阿龟她人虽已去了另一个世界，可她的灵魂却始终没有得到安息。我虽已为她做过多场法事，却仍然没能将她超度。似乎我一日不和她一起踏上那条黑暗的黄泉之路，她的灵魂便一日无法得到安息。我之所以这么说，是因为阿龟她现在每天晚上还会回来和我同床共枕。从她的葬礼结束的那天起，每晚都是如此。有时，我甚至觉得阿龟她并没有死，因为她现在除了只和我一人悄声说话以外，模样举止都和生前一模一样。阿龟反复叮嘱我，不可以告诉任何人她回来的事。也许，阿龟是想让我和她一起去死吧？倘若我孤身一人，自然可以随她而去。只是正如母亲所言，身体发肤，受之父母。我还有为双亲尽孝的责任在身，如何能够擅自轻生？如今，我已将全部真相告诉给母亲了。是的，每晚我要就寝的时候，阿龟她都会来到我的身边，直到清晨寺庙里的钟声敲响后，才会匆匆离去。"

听了儿子的这番话，八右卫门的母亲不禁大惊失色。她急忙赶到檀那寺，将儿子的话一五一十地转告给了寺庙里的住持，希望能够得到帮助，使儿子摆脱鬼魂的纠缠。住持是一位上了年纪、阅历丰富的高僧，他淡然地听完了事情的原委，然后对八右卫门的母亲这样说道："这样的事情，以前也曾发生过，我还是有办法救令郎的。只是，令郎现在的处境十分危险，他的脸上已经显露出死相。如此看来,如果阿龟今晚再回来一次,令郎恐怕将见不到明日的太阳了。因此事不宜迟,我们必须马上采取措施。请先瞒住令郎,快将两家的族人叫到寺庙里来。为了救令郎的性命,我们必须打开阿龟的棺材。"

很快,双方亲属悉数聚集在了寺庙当中。在得到双方族人的一致同意后,住持急忙带领众人赶到阿龟的墓前。在住持的吩咐下,大家挪走了阿龟的墓碑,打开了墓室,从中抬出了阿龟的棺木。当棺盖被取下的那一瞬间,在场的所有人都目瞪口呆。

只见阿龟安详地坐在棺木之中[1],容貌竟和患病前一样姣好,甚至脸上还挂着淡淡的微笑,完全看不出死亡的痕迹。当住持命人将阿龟的遗体从棺木中抬出后,人们的惊讶已然变成了恐惧。因为他们发现,尽管阿龟已经下葬很久了,可她的遗体竟然还有余温,似乎体内仍有生机。

遗体被抬进了寺庙的灵堂里,住持取来笔墨,在遗体的额头、胸前、手足等处写下了具有无上法力的梵文字符,又为阿龟的亡灵举行了施恶鬼的法事,之后,才将其重新安葬。

从那以后,阿龟再也没有回到丈夫的身边。八右卫门的身体也逐渐恢复了健康。只是,那之后八右卫门是否一直遵守着对妻子的承诺,这一点日本的原著作者却没有提及。

---

[1] 日本古时丧葬使用一种桶状棺木,死者以坐姿进入其中下葬。

蝇的故事

距今约两百年以前,京都有一位名叫饰屋九兵卫的商人,在岛原路稍往南的寺町街上开了一家店铺。九兵卫家中有一个女佣,出身若狭国[1],名叫阿玉。

平日里阿玉深受九兵卫夫妇的关照,她也从心底尊敬和感激两位东家。只是,阿玉不像其他女孩子那样爱打扮,从不穿漂亮的衣裳。尽管夫人给阿玉置办了好几身美丽的和服,可阿玉在休假的时候,却仍然穿着平日干活时的衣服出门。

在阿玉来到九兵卫家工作的第五年,有一天九兵卫问起阿玉,为什么对穿着打扮竟如此不在意?

听到主人隐隐带着些责备的问话,阿玉一下子羞愧得脸红了,赶忙恭恭敬敬地回答道:"父母去世时,我还是个孩子。因为家里没有其他兄弟姐妹,所以为父母操办后事的责任就全都落在了

---

[1] 日本古代的令制国之一,其领域大致为如今福井县的岭南地区。

我一个人的身上。然而当时我实在没有办法凑到那么多的钱，于是我下定决心，只要攒够了钱，就立刻将父母的灵位供奉到常乐寺，请僧人为他们举办超度法事。为了尽快达成心愿，我拼命节衣缩食，尽量把钱省下来。或许是我太过节俭，让您感觉我疏于仪表了。不过，我现在已经为我的目标攒下了一百两银子。从今往后，我一定在您面前打扮得体面一些。以往的疏忽大意，还请您原谅。"

阿玉这番坦率的回答，令九兵卫十分感佩。他称赞阿玉是个孝顺的好女孩，并亲切地告诉她，以后想穿什么衣服就可以穿什么衣服。

那之后不久，女佣阿玉便从积蓄中拿出七十两银子，将父母的灵位供奉到常乐寺，并请僧人操办了法事。余下的三十两积蓄，阿玉交给了夫人代为保管。

不料，到了第二年的冬天，阿玉竟突然患上了重病，不久便于元禄十五年（公元1702年）正月十一日不治身亡。九兵卫夫妇对阿玉的离世感到十分哀痛。

就在阿玉离世大约十天后，九兵卫夫妇的家中飞来了一只巨大的苍蝇，在九兵卫的眼前转个不停。九兵卫对此感到十分惊讶，因为此时正值寒冬，本不应当有苍蝇出现。更何况，如此巨大的苍蝇，即便是在温暖的季节里也不多见。

那巨蝇在九兵卫眼前嗡嗡地飞来飞去,扰得他不胜其烦。虔心向佛的九兵卫不忍杀生,只得小心翼翼地捉起巨蝇,将它放飞到屋外去。然而不久后,巨蝇又飞了回来,九兵卫只得再次将它捉住,又放了出去。谁知,那巨蝇过了片刻,竟又飞进了房间。这一次,九兵卫的夫人觉得这件事有些不同寻常。

"说不定,是阿玉回来了。"夫人说道。

(死去之人,特别是落入饿鬼道的亡魂,有时会变成昆虫回到阳间。——小泉八云按)

九兵卫笑着回答道:"那我在它身上做个记号,或许就能弄清楚了。"

这次,九兵卫捉住巨蝇,用剪刀轻轻地在它的翅尖上剪了个小豁口,然后将它放生到了离家很远的地方。

第二天,那只巨蝇又回到了九兵卫的家中。尽管如此,九兵卫心中依旧对它就是阿玉的亡灵这件事感到半信半疑。他再次捉住巨蝇,将它的翅膀和身体都涂成了红色,然后将它放生到了离家更远的地方。可是两天以后,浑身被涂成红色的巨蝇再次执着地飞了回来。这一次,九兵卫不再怀疑了。

"不错,就是阿玉回来了。"九兵卫说道,"她一定是有什么事情放不下,可她想要我们帮她做些什么呢?"

夫人开口回答道:"阿玉积攒下的三十两银子还放在我的手里保管着。也许她是想要我们把这笔钱捐到寺庙里,请僧人做法事

为她超度。投胎转世之事，阿玉向来很看重的。"

夫人话音刚落，停在拉门上的巨蝇便忽然掉在了地上。九兵卫伸手将它拾了起来，发现它已经死去。

夫妻二人立刻动身前往寺庙，将阿玉留下的银子交给了寺中的住持。他们将巨蝇的遗骸放进一只小匣子里，也一并带到了寺庙。

住持自空上人听了巨蝇的故事后，赞赏九兵卫夫妇二人心地善良、思虑周全。于是，他亲自为阿玉的亡灵办了施饿鬼的法事，并对着巨蝇的遗骸，念诵了妙典八卷经文。那个装有巨蝇遗骸的小匣子也被埋葬在寺里，上面竖起了一座卒塔婆[1]，并在上面刻上了追颂的铭文。

---

[1] 卒塔婆：梵语，原意为塔，指立在死者坟墓上的木制碑柱，上面刻有死者的戒名。

忠五郎的故事

从前，在江户的小石川，有一位名叫铃木的旗本[1]。他在江户河的岸边中桥附近建有一座府邸，其家臣当中有一位名叫忠五郎的足轻[2]。这位忠五郎年纪轻轻，相貌清秀，聪明伶俐且待人和蔼可亲，深受同僚们的喜爱。

忠五郎在这位旗本家供职已有数年之久，他品行端正，从未犯过什么错。然而最近其他家臣们却发现，忠五郎每晚都要穿过庭院离开府邸，并且不到天明绝不归来。开始时，大家并未在意忠五郎的这一奇怪举动，毕竟又没有影响到日常的工作。他们猜想忠五郎或许只是秘密地与人约会去了。可是日子久了，大家发觉忠五郎的气色急剧恶化，身体也日渐衰弱。同僚们觉得这其中必有蹊跷，实在不能再对此不闻不问了。于是某天夜晚，正当忠五

---

[1] 旗本：江户时代俸禄在1万石以下的武士。
[2] 足轻：日本古代低等步卒的称呼，他们平常从事劳役，战时成为步卒。

郎要离开府邸时，一位年长的家臣拦住了忠五郎的去路，把他叫到身边对他说道："忠五郎，你每天晚上离开府邸，且到天明才会回来这件事，大家都已经知道了。你最近看上去日渐憔悴，大家都担心你在外面交了坏朋友，胡作非为以致伤害了身体。希望你能够对你的这一行为做出恰当的解释，否则的话，我们就不得不将此事汇报给足轻的头领了。我们共事多年，出于同僚的情谊，请你告诉我，你违反府中的规矩每晚外出，这其中的原因到底是什么？"

听了前辈的话，忠五郎感到既震惊又十分为难。他先是一言不发，似乎在犹豫些什么，随后，又把这位年长的家臣领到了院子里一个僻静的地方，说道："那么，我就对您全部实话实说了，可您必须答应我，这件事一定要替我保密。如果被他人知道了，我忠五郎必有大祸降临。"

说着，忠五郎开始讲述了起来。

"事情大约发生在五个月之前，当时正值初春季节。那天我回家探望父母，回到府邸时已经是晚上了。途中，我看见一个女人，独自站在离府邸大门不远的河岸边上。看她那一身装扮，像是出身富贵人家。一个穿戴讲究的女子，夜晚独自一人站在河岸边，着实让人感到奇怪。不过这与我毫不相干，我并没有打算上前过问。我一言不发，待要从这女子身旁走过，可她却走过来拉住了我的衣袖。她看上去非常年轻，而且容貌十分美丽。

"'请问，能和您一起去桥边走一走吗？我有话要对您说。'女子微笑着说道。她的声音听起来无比温柔、优雅，实在令我难以拒绝。于是我与那女子一同往桥边走去，途中她告诉我，她经常看见我出入主公的府邸，并早就对我一见倾心。接着她对我说道：'若您不嫌弃，小女子愿与您共结百年之好，享一世恩爱幸福。'

"对此我不知道如何回答是好，不过我的心确实已被她所吸引。

"我们一起来到了桥下，这时那个女子又一次拉住了我的衣袖。她走下堤坝，将我领到了水边，口中轻声低语：'请随我来。'说着，便将我拉到了河里。前辈您知道，那个地方河水很深。我突然感到很害怕，待要抽身返回时，那女子却挽住了我的手，微笑着对我说道：'和我在一起，您完全不必害怕。'

"也不知为何，一被那女子挽住，我就全身都没了力气，身不由己地任她摆布。感觉自己像是陷入梦中，想要逃走，可手脚却不听使唤。

"那女子挽着我的手，向水底深处走去。我一时间什么都看不到，什么也听不到，就这么失去了知觉。待我恢复意识时，我发现自己正和那名女子并肩站在一座金碧辉煌的宫殿前。我全身上下并没有被河水浸湿，也没有感觉到寒冷。放眼望去，四周干爽温暖，景色美丽。我也不知道这是什么地方，也不知道自己是如何来到这里的。女子牵着我的手，穿过了一个又一个富丽堂皇的房间,只是一个人影都没有见到。终于,我们二人来到了一间足足有一千张榻榻米大小的客房。房间另一头的大壁龛前灯火通明,丰盛的宴席旁摆着精致的坐垫,然而却一个客人也没有。

"女子将我请到了壁龛前面的上座,自己则坐在了我的对面。她对我说:'这里便是我的家,您愿不愿意和我一起幸福地生活在这里呢?'说着,女子的脸上浮现出甜美的微笑。那一刻我觉得,在这个世界上没有什么比她的笑容更加美丽了。我发自内心地说道:'我愿意。'

"与此同时,我不禁想起了浦岛太郎[1]的故事。难道说,这个女子也是仙女吗?我心中忐忑,未敢开口询问。不久,侍女们端上了丰盛的美酒佳肴,整齐地摆放在了我们两个人的面前。这时,坐在我对面的女子说道:'若您也对我有意,那么今晚便是我们的洞房花烛夜,而这桌酒菜,就是我们的喜宴了。'接着,我们立下了七生七世永结同心的誓言。酒宴结束后,我们步入早已布置好的新房,一夜欢好。

"翌日凌晨,女子便将我从睡梦中唤醒,对我说道:'您如今

---

[1] 浦岛太郎:日本古代传说中的人物。此人本是一名渔夫,因救了龙宫中的神龟而被带到龙宫,并得到龙女的款待。临别之时,龙女赠送他一个玉盒,告诫不可将之打开。当他回家后,却发现世上已过百年,自己认识的人都不在了。他打开了盒子,盒中喷出的白烟使他瞬间变为耄耋老翁。

已经是我的夫君了。不过我们二人成婚之事,还请您务必对外人保密。这其中的缘由,我不能说,您也问不得。此刻,我先将您送回到主公的府里去,否则天一亮,我们两人的性命都将难保。请夫君莫要怪我,今夜您还可以再来。从今往后每天晚上,您只需在我们初次见面的时刻到桥边等我便可。您一定要来,我不会让您久等的。只是请您千万记住,我们结婚的事情一定要保密。否则秘密一旦泄露,我们就再也不能在一起了。'

"我不禁又想起了浦岛太郎的故事,于是决心听从女子的吩咐。之后,我再度随她穿过那许多华丽却无人的房间,来到宫殿的入口处。女子握住我的手腕,四周顿时变得一片漆黑,我再度失去了知觉。待我回过神来,已是一个人站在了中桥附近的岸边。当我回到府邸时,寺庙的钟声还未敲响。

"到了第二天晚上,我遵照女子所说的时间来到桥下,只见她早已在那里等候。接着,同前一天的晚上一样,女子再度将我带到水底深处,来到我们二人成亲的那座宫殿。从那以后,我每天晚上都这般与她相会,然后在凌晨赶回府邸。今晚她也一定会在老地方等我,若我失约,她一定会伤心的,这比杀了我还让我难受,所以我得赶快去赴约了。刚才我说的这些话,还请前辈千万不要告诉任何人,拜托了!"

年长的足轻听了忠五郎的话后,感到既震惊又痛心。他相信,忠五郎说的都是实话。可这些话里,隐隐透着些不祥之兆。他认为,忠五郎所经历的这一切，或许只是幻觉，他是被某种邪魔所化的幻象迷惑了。可如果忠五郎真是为妖魔所蒙蔽，那就应该怜悯他而不是责备他。况且，若是自己轻率地插手此事，恐怕会令忠五郎陷入更加危险的境地。

想到这里，这位年长的足轻和蔼地对忠五郎说道："只要你平安无事，刚才你说的这一切，我绝对不会告诉别人的。现在你可以去见那个女人了，不过要小心提防着她点。我担心你会被什么邪物所迷惑。"

听了前辈的忠告，忠五郎只是微微一笑，便匆匆离开了府邸。谁知，几个时辰过后，他又一脸失望地回来了。

"见到那个女人了吗？"年长的足轻低声问道。

"没有，她今天没有来。"忠五郎回答道，"这是她头一次失约，或许她从今以后再也不会来了。都怪我没有遵守诺言，说出了秘密，我真是愚蠢至极！"

年长的足轻试图安慰忠五郎，却根本无济于事。突然，忠五郎倒在地上说不出话来，像是患了伤寒一般，浑身剧烈地抽搐起来。

寺庙里传来了清晨报晓的钟声。忠五郎试图起身，却又一下子栽倒在地，昏了过去。显然，忠五郎是患了病，而且病得很严重。同僚们急忙请来了一位中国医生为忠五郎诊治。

医生仔细地检查了一番后，忍不住惊叫道："啊，这位患者身

体里已经没有了血液！他的血管里流的全是水，恐怕是救不活了。可这究竟是怎么一回事？"

为了挽救忠五郎的性命，大家想尽了一切办法，却仍是无济于事。太阳落山的时候，忠五郎终于不幸离世了。直到这时，那位年长的足轻才将发生在忠五郎身上的事情告诉给了大家。

"啊，我之前也怀疑是发生了这样的事。"医生说道，"被邪物迷惑的人，是无论如何都救不活的。他也不是第一个被那女子害死的人。"

"那女子到底是谁？或者说是何物所化？难道是只狐狸精？"

"不是，它自古以来就在这条河里出没，最喜欢吸食年轻男子的精血。"

"难道是蛇女？或是龙女？"

"不，都不是。你若是白天来到桥底下，就有可能见到它。那是一种看上去十分恶心的生物。"

"那它到底是什么呢？"

"是癞蛤蟆啊，一只又大又丑的癞蛤蟆。"

牡丹灯笼

在东京上演的剧目中，最受好评的便是由名演员菊五郎主演的《牡丹灯笼》。那是以十八世纪中期的日本为背景的一出怪谈剧，其脚本出自落语家[1]三游亭圆朝所讲述的一则故事。而这个故事是圆朝从中国的一部小说当中得到的灵感，他将其时代背景、风土人情均改为江户特色，且全篇直接以白话写就。不久前，本人也有幸观看了这一怪谈剧，受菊五郎的启发，还得到了一种新的赏析怪谈的方法。

"把这则鬼怪故事翻译成英文，介绍给更多的读者，你觉得如何？"我的一个朋友问道。这个人非常热心，是一位笃学之士，每当我研习东方哲理陷入迷途时，他就会向我伸出援助之手。

"西方人对于这种超自然现象一向所知甚少，正好可以趁此机会向他们介绍。翻译中若有困难，我可以助你一臂之力。"

---

[1] 落语：日本的一种传统的曲艺形式，与中国的传统单口相声相似。

我欣然接受了朋友的提议。于是，我便和朋友两个人一起，从圆朝的故事当中截取了有关怪谈的章节，并对这部分内容进行了缩写，而会话的部分则尽量保留完整——我觉得，这部分内容对于了解日本人的心理会起到一定的参考作用。

接下来，就请欣赏怪谈《牡丹灯笼》。

一

很久以前，在江户的牛込住着一位旗本，名唤饭岛平左卫门。这位平左卫门有一个女儿，名叫阿露。名如其人，阿露就如同清晨的露水一般清丽柔美。阿露十六岁的时候，平左卫门又娶了一位妻子。可他发现后妻与女儿相处并不融洽，便在柳岛建了一处小巧的别院，另派做事认真的丫鬟阿米，陪着阿露住在了里面。

阿露在别院里过着开心无忧的日子。一天，一个经常出入饭岛家的名叫山本志丈的医生，来到阿露的别院看望她。志丈还带来了一位年轻武士，名唤萩原新三郎，家住根津。新三郎长得高大英俊，举止温文尔雅，与阿露第一次见面，二人便情投意合，互相爱慕。尽管这次见面十分短暂，两个人却已然瞒着医生互许终身，发誓一辈子永远相爱。临别时，阿露靠在新三郎的耳边悄悄地说道："如不能再次见到你，我一定会活不下去的！"

新三郎一刻也没有忘记阿露的话，他一心想着能够有机会再和阿露见上一面。可是，武士的家规重于私情，无缘无故怎么好一个人私自探访阿露？新三郎只好闷闷不乐地等待着志丈的邀请，因为志丈曾经和他说过，以后抽时间再一起去阿露的别院。新三郎牢牢地记住了志丈的话，可志丈却始终没有再来相邀。原来，志丈也已察觉到阿露与新三郎互生情愫，他担心如果发生什么有违礼教之事，因为是自己介绍新三郎与阿露相识的，必然会被阿露的父亲追究责任。触怒了饭岛平左卫门大人，后果不堪设想。为此，志丈故意疏远了新三郎，不再同他来往。

几个月过去了，对于这一切一无所知的阿露，因为迟迟见不到心上人而感到无比痛苦。思来想去，阿露觉得一定是新三郎变了心，于是心如死灰，渐渐积忧成疾，不久便不治身亡了。而忠心耿耿的丫鬟阿米也因过于悲痛，紧随其后离开了人世。主仆二人被一同葬在了新幡随院的墓地当中。这座寺院，至今仍然坐落在以制作菊人形[1]而闻名的团子坂附近。

二

新三郎对此一无所知。可是，新三郎同样因无法见到阿露而沮

---

[1] 菊人形：一种衣服部分用菊花及枝叶精心编制而成的日本传统工艺人偶。

丧难过，以致相思成疾，卧床不起。尽管病也在慢慢见好，却依旧不能下床活动。就在这时，忽然有客来访，正是医生山本志丈。志丈东拉西扯地编了一些理由想掩盖自己的失约，并为自己久未登门、疏于问候表示了歉意。

新三郎对志丈说道："你都看到了，从春天起我便患上了大病，至今仍难进茶饭。可这么久了，你却都不曾来见我一面。你曾许诺再与我一同去拜访饭岛大人的千金，却也并未遵守诺言。我本打算带些礼物前去感谢饭岛小姐上次的盛情款待，却又担心独自上门惹来非议，故而一直未能成行……"

志丈听了以后立刻皱起了眉头："可惜，饭岛家的千金已经香消玉殒了。"

"你说什么？"新三郎骤然变了脸色，"你是说，饭岛小姐已经去世了？"

志丈沉默了片刻，随后以尽量平和的语气说道："唉，我当初就不应该带你去饭岛小姐家。看得出来，饭岛小姐对你一见钟情，而萩原先生你，也对小姐动了心吧？我猜，你们已经趁我不在时，互相倾吐衷肠了……算了，不说这些了。总之，看到饭岛小姐对你痴情不已，我心里十分不安。这件事情万一传到了饭岛大人的耳朵里，想必他一定会怪罪于我。说实话，我是故意失约的，之后也不敢再与你来往。然而就在前几天，我去饭岛大人的家中拜访，才惊闻饭岛小姐已经香消玉殒，就连丫鬟阿米也已经不在人世了。至此，老朽我才明白,饭岛小姐定是对你太过痴情,以致相思成疾,不治而亡。"说到这,医生苦笑了一下,又接着说道,"说到底,你才是罪魁祸首啊!是你长得如此英俊,才令那位少女痴情不已,不惜赴死啊[1]。唉,逝者已矣,说什么也是无济于事,你现在能做的,也就是为小姐上一炷香,诵经超度了。我也该走了,告辞!"

说完,志丈便匆匆离去。对于因自己的一时疏忽而招致的不幸,他是一句话也不愿再多说。

三

得知阿露已经死去,新三郎悲痛万分,很长时间都无法安心做事。待新三郎的心情终于稍稍平复下来后,他便在佛坛前立下了一个灵位,上面写下了阿露的名字。从此以后,新三郎每天都来到佛坛前,为阿露上香奉馔、诵经超度。阿露的身影一刻也没有从新三郎的心头消失。

日子一天天过去,新三郎始终孤身一人,直到盂兰盆节的第一天七月十三日。这一天,为了准备过节,新三郎把自己的家收拾了

---

[1] 这种说法对于西方读者来说或许很难理解,但日文原文便是如此。应当说这个故事从头到尾,始终贯穿了日本式的思维方法。(作者原注)

一番——他摆好供品,并在门口挂上了迎接亡魂的盆灯笼。到了夜晚,新三郎在阿露的灵位前点上了一盏小灯,又将盆灯笼点亮。

静静的夜晚,空中升起了一轮皎洁的明月。四下里无风,新三郎感觉闷热,便穿着浴衣,来到檐廊处乘凉。月光下,新三郎心中一阵恍惚,不由得阵阵悲伤涌上心头。他沉浸在自己的思绪中,时而扇几下蒲扇,他的身旁点着驱蚊香,四下里一片寂静。原本这一带就人烟稀少,耳边只能隐约听到远处小河的流水声和虫鸟发出的鸣叫声。

就在此时,寂静之中突然传来一阵女子木屐踏在地上的声音,"啪嗒啪嗒、啪嗒啪嗒",那声音由远及近,向着庭院的篱笆墙方向走来。

新三郎感到奇怪,站起身向着前面的篱笆墙望去。只见眼前出现了两名女子——其中一位像是侍女,手里提着一盏漂亮的牡丹灯笼;另一位身姿窈窕,芳龄十七岁左右,身穿一件秋草纹样的和服。不等新三郎认出是谁,两位女子便一同转过身来面向他——竟是已经死去的阿露和阿米!

两位女子也立即停下脚步,惊讶地打着招呼:"哎呀!这不是……萩原先生吗?"

新三郎闻言也赶忙回应道:"阿米,这不是阿米吗?不错,就是阿米!"

"萩原先生!"阿米大吃一惊,"没想到在这里又见到了您……

我们听说，您已经过世了……"

"怎么会这样？"新三郎惊讶道，"倒是我听说你们二人都已经不在人世了！"

"唉！这么不吉利的传言都是哪里来的？究竟是谁在造谣？"

"这里不是说话的地方，"新三郎叹了口气，"院门未关，二位快请进来！"

三人进到屋内，互相寒暄了几句，待均落座之后，新三郎开口说道："好久没有联系，不知二位近况如何？是这样的，大约一个月之前，医生志丈来我家探望，告知阿露小姐、阿米小姐都已经去世了。"

"这么说，是那个志丈说的啦？"阿米气愤不已，"那家伙真是可恶！他可是跟我们说，萩原先生您已经去世了呀。看来，都是志丈那家伙在搞鬼。依我看，萩原先生您是个老实人，志丈那老狐狸就是故意欺骗您。也许是因为我家小姐不经意间透露了对您的情意，便传到了她父亲饭岛大人的耳中。加上小姐的继母阿国从中挑拨，想要把你们二人拆散，便指使那医生志丈散布谣言，说你们都已离世。我家小姐听说您已去世，心中极度悲痛，决心削发为尼。我再三劝阻，告诉她只要一心修行，是否落发并不重要，小姐这才打消了出家的念头。那之后，饭岛大人曾经提出让小姐赶快嫁给别人，小姐怎么也不肯，为这事又在家里引起了一阵轩然大波。小姐的继母阿国也常常在背后搬弄是非。为此，我和小姐便搬了出去,现如今在谷中三崎一带找了一间暂且能够遮风挡雨的小屋安顿了下来,平日里做些活计勉强度日。自从搬到这里之后,小姐日日诵经念佛。今天正赶上盂兰盆节的第一天,我们便去寺庙里进香参拜,没想到在回去的路上就遇见了先生您……"

"真是不可思议啊!"新三郎不禁感慨万分,"简直就像做梦一样。在下也在家中设下灵位,刻上小姐芳名,日日在灵位前焚香祭奠,请看……"新三郎手里指着精灵棚[1]上阿露的牌位说道。

"您如此情谊深重,想必我家小姐也十分高兴。"阿米满脸笑容地说着,把身子转向了阿露。只见阿露在两个人说话时,始终用衣袖遮住脸颊,像是怕羞似的一句话也不说。

"小姐为了萩原先生,哪怕永世和父亲断绝父女关系,甚至付出生命也在所不惜。萩原先生,不如今晚您就让小姐留宿在这里吧!"

新三郎听了以后心中不胜欢喜,他面色发白,声音颤抖地说道:"在下求之不得,只是,咱们需要小声一点儿讲话。隔壁住着一位叫白翁堂勇斋的相面先生,此人有些多事,最好不要招惹他,今晚的事情我不想让他知道。"

---

[1] 精灵棚:日本佛教用语,指在盂兰盆节期间所设的坛,上面放置食物来祭奠亡灵。

当晚，二女就住在了新三郎的宅子里，第二天不等天明便早早地离开了。接下来的第二晚、第三晚……直到第七晚，不论刮风下雨，阿露和阿米都会在同一时间来到新三郎的家中。新三郎与阿露二人越发难舍难分、如胶似漆。

四

新三郎的宅子附近有一间小屋，住着一个名叫伴藏的男人和他的妻子阿峰。他们二人都是新三郎家的仆佣。伴藏夫妇做事非常勤快，新三郎对他们也从不过分苛求，大家在一起相处得十分融洽。

一天晚上，夜深人静，伴藏听见主人的房间里传来一阵女人的说话声，这令他感到有些不安。伴藏深知自己的主人新三郎是一位纯真的老实人，他担心主人被某些坏女人欺骗。如果是那样，最先遭殃的便是自己这个做仆人的。于是，伴藏决定先看看房间里面究竟发生了什么事情。

第二天晚上，伴藏悄悄地来到了主人的房间外，透过雨窗的缝隙察看着里面的动静。只见卧房里点着一盏灯，新三郎和一个陌生女子同在一张帷帐下说话。虽说看不清楚那个女子的相貌，但她的背影纤细窈窕，再看衣着发式，像是一位十七八岁的姑娘。伴藏把耳朵贴在窗缝处，便清楚地听到了屋内二人的对话。

"若是父亲与我断绝关系，将我赶出家门，你能让我留在你身边吗?"

"能与你在一起,我自然是愿意的。但我觉得你不必担心,你是你父亲唯一的女儿,想必他是狠不下心与你断绝关系的。相反我更担心的是,他把你强制带离我身边。"

女子柔声安慰道:"除了新三郎以外,阿露不会嫁给任何人的。哪怕我们的事情被外人知道了,父亲为了保护家族的名誉把我杀了,我爱着你的心也不会变。我知道,新三郎你也是一样,如果没有我陪着你,你独自一人也活不了多久。"女子紧紧地搂住新三郎,吻着他的脖颈。新三郎也顺势回应,将那女子揽在怀中。

伴藏在窗外听得一头雾水,不过听那女子的谈吐,怕不是一般人家的姑娘,倒像是哪个大户人家的千金小姐。伴藏心里越发好奇,更加想要知道那女子究竟长什么模样。他悄悄地转到了房间的另一侧,透过窗户的缝隙,好不容易找到了一处可以从正面看到女子脸庞的地方。可当伴藏看清女子的面容后,却吓得整个人打了一个激灵,浑身汗毛倒竖。

那是一张死去很久的,肉质早已腐烂脱落了的女尸的脸。那抚摸着新三郎后背的一双手,也只余森森白骨。她的腰部以下空荡荡的,什么也没有,只在灯下映出一抹虚影。新三郎眼中千娇百媚,令他迷恋不已的美貌少女,在伴藏的眼里却是一具恐怖的骷髅。就在这时,屋内另一个更加可怕的女人,似乎察觉到了外面的动静,站起身迅速朝着伴藏走来。伴藏顿时吓得魂飞魄散,赶忙连滚带爬地逃到了白翁堂勇斋的家门口,拼命地拍打大门。

五

白翁堂勇斋是一位上了年纪的相面先生,他年轻的时候曾经周游列国,耳闻目见过许多古怪离奇的事情,因此遇到事情极少大惊小怪。然而这一次他在听完伴藏那哆哆嗦嗦的叙述之后,也惊讶得半晌没说出话来。人鬼相恋之事,在中国的古籍当中也曾有过记载。但是在现实当中,却更多地被认为是不可能发生的事情。但看伴藏那表情,却不像是在说谎话,似乎萩原家真的发生了一件极其可怕的事情。若伴藏所言确凿无误,那么新三郎这次怕是遭逢大难了。

"如果那个女子真的是鬼,"勇斋对吓得失魂落魄的伴藏说道,"你主人恐怕命不久矣,必须赶快想办法救他。与鬼魂相处多日,萩原先生的脸上想必已经笼罩着一层死气。生者之气为阳气,死者之气为阴气。阳气清正,而阴气邪秽。活人若与鬼魂相恋结合,哪怕原本身体康健,可享百年阳寿,也必将受阴气侵蚀而亡。你放心,我将会尽全力来挽救萩原先生的性命。只是伴藏,这件事情请你暂时不要对任何人说出,连你自己的妻子都不要说。等到天明,我就会立刻去见你家主人。"

六

　　第二天早上，勇斋来到新三郎家询问此事。开始时，新三郎极力否认有女子来到自己家。但老人始终不相信他这一番说辞，一直神色悲戚地摇着头。见此情形，新三郎才明白老人是真的担心自己的安危，终于将此前发生的事情毫不隐瞒地全部说了出来。他请求老人为他保守这个秘密，他打算尽快娶阿露为妻。

　　"你真是糊涂！"听到新三郎如此执迷不悟，勇斋忍不住高声斥责道，"这几日每晚来到你家的那两个女人，根本就不是活人！你已经陷入可怕的幻觉中了。萩原先生，一直以来，你不是也认为阿露已经死了，并且每天都在她的灵位前为她诵经超度吗？这就是事实啊，阿露她的确已经死了。你亲吻的是一张死人的嘴，握过的是一双死人的手，你的脸上现在也泛着死气了。我明白我说的这些话你不愿相信，可新三郎你听清楚，我是来救你命的。否则照这样下去的话，你的寿命只剩下不到二十天的时间了。那两名女子告诉你，她们住在谷中三崎一带，你可曾去过那里？我想你还没有去过，那么你今天就要去一趟，越早越好。你到她们的住处，看看到底怎么回事。"

　　白翁堂勇斋苦口婆心地劝诫完新三郎后，便拂袖离去。

　　新三郎被勇斋的话吓得不轻，却也并非完全不信。他犹豫了一会儿，决定还是暂且听从相面先生的劝告，去三崎一探究竟。

一大早，新三郎便来到了谷中三崎，开始寻找阿露的住所。他沿着大街小巷转了个遍，查看了所有人家的名牌，逢人便打听，却始终没有找到阿米所说的那间小房子。所问之人都说这一带没有住着那样两位单身女子。看样子继续找下去也是徒劳无益，于是新三郎便抄近道回家，谁知这条路刚好穿过新幡随院。

新三郎经过寺院后方时，无意间抬起头，看见前方并排立着两座新建的坟墓。其中一座墓外观普普通通，一看便知墓主人身份低微。另一座墓则豪华得多，占地更大，立着气派的石碑，碑前还悬挂着一只漂亮的牡丹灯笼，看样子是前不久盂兰盆节时供在那里的。这让新三郎回想起，阿米也曾手里提着一只同样的牡丹灯笼。这一巧合令新三郎感到奇怪，他仔细地看了看墓碑，发现上面只刻着死者的戒名，却没有死者的俗名。新三郎放心不下，便去寺里询问。据寺中的僧人介绍，大的那座墓里葬的是牛込的旗本饭岛平左卫门大人新近亡故的女儿阿露，小的墓中葬的是阿露的丫鬟阿米，她在小姐离世之后不久，因悲伤过度而死去。

新三郎猛然想起了阿米那日所说的话，这话如今听起来又透着另一层诡异的意思："我和小姐便搬了出去，现如今在谷中三崎一带找了一间暂且能够遮风挡雨的小屋安顿了下来，平日里做些活计勉强度日……"眼前这两座墓，似乎便是那谷中三崎的小屋，而那"活计"，又是指……？

新三郎越想越害怕，一路飞奔到勇斋的家中，哀求勇斋施以良策,挽回自己的性命。勇斋表示自己已经无计可施,只能修书一封给新幡随院的良石大师,请求大师以佛法救新三郎一命。

七

良石大师是一位德才兼备的高僧。他的慧眼,能够洞悉一切人间疾苦及业障所在。听完新三郎的叙述,良石平静地回答道:"皆因你前世所造罪业,才令你今生陷入如此危险的境地。你与那位死去的女子之间有一段难解的孽缘,个中因由,恐怕你听了也未必能明了。但有一点你要知道,那位女子本无意加害于你,她纠缠你不是为了报仇,而是因为一心恋慕你,所以才如此执着。你们这段孽缘,远在今生今世之前便开始了,甚至纠缠了三世、四世。那女子轮回转世,每一世容貌、身份都有改变,却始终没有停止对你的深深爱恋。这样难解的孽缘,想要摆脱是极不容易的。因此,我将一枚十分灵验的护身符暂借与你,此乃纯金打造的海音如来像。名为海音如来,是因为这位佛祖讲经授法之时,声音就如同海涛轰鸣一般。这符可辟邪驱魔,保你平安。你要将这符连同符袋一同佩在腰间,务必贴在肌肤上。除此之外,为了让那深陷迷途的亡魂能够安息,本寺也会举行一场施饿鬼法会。我这里还有一本《雨宝陀罗尼经》,你拿回去每晚在家诵读其中的经文。记住,每晚必读!最后,我还要送给你一些灵符,你回去将它们贴在家中大门及窗户、烟囱等地方，每处通往屋外的洞口都不要遗漏。这样一来，经文的法力才能使亡魂退散。但最重要的是，无论发生了什么事情，你都不可以停止诵读经文。"

新三郎向良石大师恭恭敬敬地道了谢，怀揣着佛像、经书和灵符，赶在日落之前回到了家中。

八

在勇斋的指点和协助下，新三郎总算在天黑之前，把家中所有通往屋外的开口处都贴上了灵符。随后勇斋便离去，屋内只剩下了新三郎一个人。

夜幕降临，天上没有一片云，屋里闷热得让人透不过气来。新三郎关闭了门窗，将海音如来像佩在腰间，早早地钻进了帷帐。他借着灯光，开始诵读起《雨宝陀罗尼经》，然而读了许久，却仍旧不解其中的含义。新三郎准备就此歇息，然而今日诸多怪事，实在令他心绪激荡，过了午夜仍旧难以入眠。这时，远处传来了寺院的钟声，已是丑时了。

钟声停止之后，像往日一样，新三郎又听到了木屐的声音——还是从同样的方向传来，由远及近，只是比往常更缓慢了一些，"啪嗒啪嗒、啪嗒啪嗒"。新三郎的额头上立刻冒出了一层冷汗。他赶忙用一双颤抖的手拿起经书，高声诵读了起来。外面的脚步声越来越近,直到篱笆墙边,才忽然停了下来。说来也怪,这时新三郎心中涌出了一股奇异的力量,暂时压制了恐惧,驱使他从帷帐中出去一探究竟。他将《雨宝陀罗尼经》放在一旁,恍恍惚惚地来到窗前,透过窗缝向外窥视。门外站着阿露和她身后提着牡丹灯笼的阿米,此时两人正死死地盯着贴在门上的灵符。今夜的阿露,比以往任何时候都要更加美丽。新三郎不禁心醉神迷,想要赶快来到阿露的身边,但对死亡的恐惧还是令他不敢踏出房门一步。一边是对阿露的爱意,一边是对亡魂的恐惧,两相交织,令新三郎仿佛陷入了焦热地狱[1],内心实在痛苦难言。

不一会儿,阿米开口说道:"小姐,我们进不去了。萩原先生一定是变心了。昨夜许下的誓言,今晚便违背了。大门紧闭,看样子他是不想见我们,我们今晚进不去了。小姐,既然他辜负了您的情意,您就干脆把他忘掉吧,不要再为这样的负心薄幸之人折磨自己了。"

阿露含着泪说道:"明明昨夜他还与我山盟海誓,怎么会突然变成了这样?都说男子的心,就像秋日的天空一般变幻无常,可萩原先生他绝不是那样残忍的人,他不会抛弃我的!阿米,求你想想

---

[1] 焦热地狱:日本佛教中八热地狱的第六层,那里一天的时间相当于人间的几千年(也有人说是几百万年)。(作者原注)

办法，让我和他见一面。你若不答应，我就留在这里绝不回去。"

阿露泪水涟涟，以衣袖遮面，对着阿米苦苦哀求。她看上去是那样的美丽动人，可新三郎的心头仍被强烈的恐惧所笼罩，并未踏出房门一步。

阿米无奈地说道："小姐，这样狠心的男人，您何苦为了他这般伤心难过呢？好吧，我们去后门看看能不能进去，您跟我来。"

阿米牵起阿露的手，向屋后走去。两个人的身影好似熄灭的灯火，消失在了黑暗之中。

九

打那之后，每晚到了丑时，新三郎都能听到阿露在门外哭泣。新三郎以为自己得救了，然而他没有想到的是，他的命运早就由他家仆的品性决定了。

伴藏曾向勇斋保证，自己绝不会将发生在宅子里的鬼怪之事透露给他人，甚至对自己的妻子阿峰也同样守口如瓶。不料没过多久，鬼魂便找上了伴藏。阿米的亡魂夜夜来到伴藏的家中，将伴藏从睡梦中叫醒，命他将贴在主人屋后一扇小窗上的灵符揭走。每天晚上伴藏出于恐惧，都会答应阿米在第二天日落之前将灵符摘掉。可到了第二天早上，他又想到摘下灵符会害死主人，便无论如何也不忍心下手。直到一个暴风雨的夜晚，阿米用斥责的声音将伴藏从睡梦中惊醒。她俯身在伴藏枕畔威胁道："你戏弄人也要有个限度！明天你如果再不把那灵符摘下来，我就让你见识我的厉害！"说着，阿米的面孔变得分外狰狞可怖，吓得伴藏险些丧命。

此前，伴藏的妻子阿峰对伴藏遇到的这些事情都一无所知，哪怕对伴藏来说，阿米的夜夜造访就好似噩梦缠身一般。可就在这天夜里，阿峰碰巧突然醒来，听到一个女人在和伴藏讲话。然而她刚一察觉，那说话声便停止了。阿峰点亮油灯，借着亮光查看了一番，却发现只有吓得脸色惨白、浑身颤抖的伴藏一人。那位女子显然已经离开，然而屋门闩得好好的，似乎并没有人进来过。即使如此，阿峰仍是醋意大发，不停地责骂和质问伴藏。伴藏既恐惧又无奈，只得将这个秘密说了出来，并将自己面临的困境告知了妻子。

听了丈夫的解释，阿峰才没了醋意。她是个精明的女人，立刻想到要救自己的丈夫，便顾不得主人的安危了。阿峰告诉伴藏，不妨和那亡魂讲讲条件。

第二天晚上丑时，两个亡魂又出现了。听到"啪嗒啪嗒、啪嗒啪嗒"的木屐声，阿峰立即藏到了角落里。伴藏则鼓起勇气，按照妻子的吩咐，对亡魂说道："我再三违背自己的诺言，的确有错，但我真的不是有意戏弄你的。我不摘掉门口的灵符，是因为我和妻子全仰仗萩原先生接济，才能勉强糊口。如果主人有个三长两短，我们二人便没了依靠，难以生活下去了。不过我们如果能够得到一百两黄金的话,便从此不必再依靠主人度日,自然也就能够帮你做这件事了。因此,只要姑娘你给我们百两黄金,我们就可以按照你的吩咐立即将那灵符摘掉,而不必担心失去我们唯一的生活来源。"

伴藏说完这些话后,阿米和阿露沉默了片刻。随后阿米开口说道:"小姐,我说过不该纠缠这个人的,因为我们没有正当理由怪罪于他。既然萩原先生已然变心,小姐您就不要再为他伤心了!求您了小姐,听我的话,忘了他吧!"

然而阿露哭泣着回答道:"阿米,无论如何,我都没办法不去想他!只要弄到一百两黄金,就能把灵符摘下来了。求你让我再见他一面吧,只要一次就好,拜托了!"阿露以袖遮面,不住地恳求着。

"您实在让我为难……"阿米说道,"我手头哪里有那么多的钱?可既然小姐您执意如此,那我也只能想办法筹钱了。明天晚上我会带钱过来的。"阿米转过身,对不忠不义的伴藏说道:"伴藏,如今萩原先生贴身佩戴着一枚海音如来佛像。只要他还戴着它,我们便无法近身。因此,你不仅要将灵符摘下来,还必须想办法将那个佛像从萩原先生身上拿走。"

伴藏战战兢兢地回答道:"只要你能给我百两黄金,我便能够办到。"

"小姐您听到了,"阿米对阿露说道,"明晚之前,就请您再耐心等等吧。"

"我说阿米,"阿露仍在啜泣着,"难道我们就这样回去了?今晚还是见不到萩原先生?唉,我真是伤心死了!"

阿米牵起仍在哭泣的阿露的手,消失在了黑夜之中。

十

第二天的夜晚,阿露和阿米又出现了。然而今晚萩原家的门外,却没有传来女子哀哀的哭声。因为那不忠的家仆在丑时拿到了金子,便摘掉了贴在窗户上的灵符。而那纯金的海音如来像,也在主人沐浴之时被他偷了出来,换成了一个铜质的佛像。随后,他又将原本的海音如来像埋在了一处荒郊野地。至此,再也没有什么能够阻挡阿露和阿米了。她们以袖遮面,似一缕青烟般,从那扇被撕掉灵符的小窗户的缝隙间钻了进去。接下来,宅邸里发生了什么事情,伴藏就不得而知了。

次日天明,待日头爬得老高,伴藏才终于鼓起勇气来到主人的住处,敲了敲房门。屋内无人应答。多年来,伴藏还是头一次遇到这样的情况,他不禁感到害怕起来。他再三呼唤,屋里却仍是一片寂静。于是他将阿峰叫来,在她的协助下打开了房门。随后,伴藏一个人来到了主人的卧室,又唤了几声主人的名字,却仍旧无人回应。接着他打开窗户,好让阳光照射进来,可屋里还是没什么动静。无奈,他只得壮着胆子掀开了帷帐的一角。然而他只看了一眼,就吓得大叫一声，连滚带爬地逃到了屋外。

新三郎已经死了，且死状惨不忍睹。他面容扭曲，似在极度恐惧中死去。躺在他旁边的，是一具女子的骸骨。而那骸骨的胳膊和手，还紧紧地搂着新三郎的脖子。

十一

在伴藏的乞求下，相面先生白翁堂勇斋赶忙前去查看尸体。来到萩原家后，勇斋也被那恐怖的景象吓得不轻。但他还是仔细查看了现场的情况，很快便发现屋后那扇小窗户上的灵符已经被摘掉了。而在检查新三郎的尸体时，他又发现原本的纯金海音如来像已经被换成了铜质的不动明王像。勇斋不免怀疑，这一切都是伴藏所为。不过这件事情非同小可，勇斋还是决定先去找良石大师商量。在对整间房屋都详细查看一番后，勇斋便不顾年迈的身躯，以最快的速度赶到了新幡随院。

良石大师还未询问勇斋来访的目的，便立刻将他请进了自己的居室。

"唉，辛苦，辛苦！"良石大师请老人坐下，"有件事我正要告诉你，萩原先生他已经过世了。"

勇斋听了以后惊讶不已："是的，萩原先生昨夜死于家中，可这件事大师您是如何知晓的？"

良石回答道:"萩原先生有此结果,皆是他前世所造业障所致。何况,他身边又有那样一个卖主求荣的仆人。他的悲惨命运早在前世便已注定,今生难逃此劫,所以你也不必为这件事情感到自责。"

勇斋说道:"我曾听闻,高僧大德能够预见未来百年间发生的事,可亲眼见识,今日在您这还是头一回。不过,还有一件事情令我很是担忧……"

"哦,"良石不等勇斋说完,便开口道,"你是想说海音如来金像被盗一事吗?不必担忧,那尊佛像就埋在一处荒郊野地,待到明年八月,便会回到我这新幡随院中了,你大可放心。"

相面先生勇斋越发感到惊讶:"我本人也算对阴阳占卜之术略知一二,多年来一直靠给人相面谋生。可今日却完全不明白,您究竟是如何这般料事如神的?"

良石大师正色道:"我是如何知晓这些的并不重要。眼下要紧的是萩原先生的丧事该如何处置。萩原家当然也有自己的祖坟,可是萩原先生这样的死法,他的尸身怕是不宜葬入自家祖坟了。还是将他葬在饭岛家阿露小姐的墓旁最为妥当,毕竟他们之间孽缘极深,如此一来二人才都能够得到安息。从前你也受了萩原先生不少恩惠,不如就由你来为他修墓吧。"

就这样,新三郎被葬在了位于谷中三崎的新幡随院墓地里,与阿露的墓相邻。

怪谈《牡丹灯笼》，至此便结束了。

朋友问我："如何？觉不觉得这故事很有意思？"

我回答："我想去新幡随院的墓地看看，以便弄清楚这篇怪谈的作者是如何将江户的人情风俗融入故事中的。"

"那我们这就一起去吧。"朋友说道，"不过我还想知道，你对这个故事中的人物都是怎么看的？"

"按照西方人的观点，"我回答道，"新三郎这一人物实在有些薄情。而在我们西方的叙事民谣中，真心相爱的两个人，一人不幸离世，另一人会怀着满腔爱意追随爱人而去。而且他们都是基督徒，是不相信人会有来世的。尽管他们清楚生命只有一次，却仍然肯为了真爱赴死。而新三郎是个佛教徒，拥有无数的前生和来世。那女子不惜从九幽黄泉归来与他再续前缘，可他却不愿意为她抛去仅仅一世的性命，可真是自私呀。不，与其说是自私，不如说是懦弱。新三郎生在武士家庭，自幼接受训练，却还跑去求和尚将他从鬼魂的手中救出来，可真是令人不齿。像他这样的人，就算被阿露掐住脖子杀死，也没什么值得可惜的。"

"这一点日本人也有同感，"朋友说道，"新三郎薄情寡义，确实令人不齿。只是，如果作者不把他的性格塑造成这般懦弱的样子，那故事就没办法达成这样的结局吧。在我看来，故事当中唯一一个令人赞叹的人物，莫过于那位女仆人阿米了。是旧时候那种对主人忠心耿耿、绝无二心的家仆，并且还聪慧机敏、富有谋略。无论是生前还是死后，都在主人身边尽心尽力。话先说到这里，我们还是赶快去新幡随院吧。"

来到新幡随院后才发现，那里不过是一座普普通通的寺院。墓园里更是荒凉不堪，大部分墓地都已被改为马铃薯田。地上的墓碑东倒西歪，碑上的文字磨损严重难以辨认。还有的墓已不见墓碑，仅余底座和破碎的水槽，以及缺头断臂的佛像。连日来阴雨连绵，黑色的土地上浸透了雨水，到处都是水坑，成群的小青蛙聚集在水坑里乱蹦乱跳。看样子除了马铃薯田，其他的一切都荒废许多年了。在大门口的一间小屋里，我们见到一个女人正在做饭。朋友走上前向那个女人询问："《牡丹灯笼》里讲到的坟墓，究竟是这里的哪一座？"

"啊，你说的是阿露和阿米的坟墓吧？"女人微笑着回答道，"寺庙后面第一排走到底，挨着地藏菩萨像的就是。"

这种令人称奇的事，我来日本之后也遇到过几次。

我们小心避开地上大大小小的水坑，在青翠的马铃薯田间穿过——那长势喜人的秧苗，显然从阿露和阿米在地下的诸多伙伴们那里吸取了充足的养分。终于，我们来到了并列的两座坟墓前。两座墓上面都覆满了青苔，墓碑上的文字都已经难以辨认。较大的那座墓旁边立着一尊缺了鼻子的地藏菩萨像。

"这碑上的文字，也看不清楚呀。"朋友失望地说道，说完似乎又想到了什么,"等一下——"朋友从衣袖里取出了一张柔软的白纸,将它贴在碑石上,又拿起一块黑色的黏土在上面蹭了起来。不久,黑色的纸面上就出现了几个白色的文字。

"宝历六年(公元1756年)丙子三月十一日……啊,这好像是根津一位名叫吉兵卫的客栈老板的坟墓。再看看旁边的那座墓。"

朋友又取出一张新的纸覆在另一座墓的石碑上,然后读出了上面的法号:"延妙院法曜伟贞谦志法尼……这是一位尼姑的墓啊!"

"怎么是个尼姑的墓?"我不由得大声叫了起来,"难道那个女人在捉弄我们不成?"

"好啦好啦,"朋友劝道,"别太当真了,你不也是凭着兴趣才来到这里的吗?那个女人说谎也只是不想让咱们扫兴罢了。你不会以为那则怪谈讲的故事是真的吧?"

碎片

两个人来到山脚下时,已是日落时分。这里没有任何生命的迹象,既没有河流溪涧,也不见草木飞鸟。放眼望去,只有无限的荒凉。仰头只见山峰高耸入云,看不见峰顶。

这时,菩萨对随行的小僧说道:"你想要达成的境界并非不可得,只是此行太过遥远且路途艰难。你只需跟在我的后面,便能够得到护佑,所以不必害怕。"

随着不断向上攀登,四周渐渐被夜幕笼罩。这里没有路,似乎从未有人从这里走过。脚底下踩踏着的,是堆积起来的无数碎片,每走一步,碎片就在脚底翻滚着。有时,一个巨大的碎块从脚下滑落,在山谷间激起一阵空荡的回响。有时,被践踏的碎片会像空壳一样发出爆裂的脆响。天边星光闪烁,四下里夜色渐浓。

"不必害怕,孩子。"菩萨指着前方说道,"虽然路途艰难,却没有任何危险。"

头顶星空,二人奋力向上攀登。受佛力加持,他们的脚步十分迅捷。他们登上高处,从一团云雾间穿过,只见脚下云海茫茫,如白色海潮般翻涌不止。

二人已经连续攀登了数个时辰。步履间会有看不见的物体在脚下相互碰撞，发出沉闷、柔和的声响，随之可见脚下冒出一丝微弱的火苗，又转瞬即灭。

这时，小僧的手摸到了一个表面光滑，却并非山石的东西。他拿起这个东西，隐约看到死灵正在嘲弄自己。

"不可以在此停下脚步！"菩萨催促道，"到达顶点还十分遥远。"黑暗之中，两个人继续向上攀登，感觉到脚下一直有什么东西在慢慢碎裂，冰冷的火花摇曳闪烁，忽明忽灭。直到夜幕的一角开始隐隐泛白，星光渐弱，东方朝霞初现。

两个人受无上佛力相助，仍旧步履如飞，继续向上攀登。笼罩在他们周围的，是死亡的冰冷和令人恐惧的寂静。忽然，东方燃起了金色的火焰。

这时，小僧才终于看清了脚下这座险峻山峰的样子。他周身被巨大的惧意所笼罩，禁不住浑身颤抖。因为他发现自己的脚下，竟是一座由无数骷髅碎片堆积而成的巨大高山。那四处散落的人齿隐隐发亮，就像海潮中贝壳碎片闪烁的微光。

"不要畏惧，孩子！"菩萨的声音回响在耳边，"唯有意志坚强者，方能到达圆满正觉的境地！"

在他们身后，一切都消失了。除了脚下的云海和头顶的天空，以及中间这座骷髅碎片堆成的山，其余什么也没有了。

不久，随着两个人继续攀登，一轮红日腾空升起。可那万道霞光并没有给大地带来温暖，而是像刀光一样寒冷。眼前是无比骇人的高山，脚下是噩梦般的深渊，四周则是一片死寂。小僧心中的惧意越来越浓，如巨石般压在他的胸口，以致他忽然失去了全部力气，像是陷入梦魇一般发出微弱的呻吟。

"再快些，孩子！"菩萨高声喊叫着，"眼看就要日落，山顶还十分遥远！"

然而小僧却发出了一声痛苦的哀鸣："我害怕，我害怕得说不出话来！我已经一点力气也没有了！"

"力气不久便可以恢复的。"菩萨回答道，"你看看你的上下左右，然后告诉我都看见了什么。"

"我不敢！"小僧浑身颤抖，紧紧地抱住自己，嘶声喊道，"我不敢往下看！我的眼前和四周，只有无数的骷髅。"

"可是孩子，"菩萨微笑着说道，"你可知道这座山是由什么堆起来的？"

小僧依旧害怕得不住战栗，口中喃喃重复着："我害怕！我实在怕极了！这里除了骷髅什么也看不见……"

"不错，这正是一座骷髅山，"菩萨回答道，"可你要知道，这些骷骨都是你自己的啊！这里每一具骷髅都曾承载过你某个前世的理想、欲望和烦恼，其中没有一具是别人的。这所有的骷髅，毫无例外，全部是你的，皆是你无数的前世所留下的。"

振袖和服

最近，我在经过一条旧货商店街时，一件挂在店铺橱窗里的紫色振袖和服，引起了我的注意。那是一件看上去像是德川时代贵妇人穿过的衣裳。我停住脚步，许久地注视着那和服上的五纹家徽。这时，我不由得想起了，据说是成为江户大火元凶的、同样是有关振袖和服的下面一段故事。

两百五十多年前，幕府所在的都城江户，住着一位富商的女儿。有一天，她去寺院上香请愿，在人群当中，看见了一位英俊的年轻武士，就此对他一见倾心。可不幸的是，还没等那小女子派随从询问此人姓甚名谁、家住何方，那位武士便被卷入人流当中，不见了踪影。然而，那武士的形象——包括穿戴打扮等细节部分，都鲜明地刻印在了少女的记忆当中。尤其是他的一袭盛装，其华丽程度不亚于年轻女子的装束。那位初次见面的美男子武士穿着它，在少女的眼中更是俊美无俦，让她迷恋不已。她甚至幻想着，如果自己也有一件相同质地、颜色、花纹的和服穿在身上，或许就能在茫茫人海中吸引那位武士的目光。

不久，少女想要的和服便做好了，并按照当时流行的款式，将两袖加长，做成了振袖。少女对这件和服倍加珍爱，外出时必将它穿在身上，在家时则将其悬挂在房间里，望着它在脑中描绘她那不知名的心上人的形象。有时，她甚至在那和服前一坐就是几个时辰，神思恍惚，泪流不止。为了能够得到那位美男子的爱恋，她还来到寺庙向神佛祈祷，一遍一遍地念诵着日莲宗[1]的经文"南无妙法莲华经"。

尽管如此，少女也没能再见到那位武士。于是她相思成疾，患上了大病，身体日趋衰弱，不久便与世长辞。葬礼过后，一家人便将少女那珍爱的振袖和服捐献给了所皈依的寺庙。这样处理逝者的衣物，是一种古老的习俗。

寺庙的住持见那件和服用料考究，且没有沾上少女生前哭泣时的泪痕，便将其高价对外出售。买下那件和服的，是一位与死去少女年龄相仿的女子。可她只穿了这衣服一天，便患上了重病，行为举止显得格外怪异——大声说有一个美男子的身影总是出现在眼前，自己爱他爱到情愿去死。之后不久，女子便离开了人世。振袖和服再一次被捐献到了寺庙。

住持又把这件和服卖给了一位年轻的姑娘。同样仅仅穿了一

---

[1] 日莲宗：日本佛教的主要宗派之一。

次,这位姑娘也患上了怪病,整日喊叫着眼前有位美少年,最终不治而亡。她被下葬后,振袖和服第三次被送到了寺庙,住持为此感到十分震惊。

尽管如此,住持还是又一次将这件不吉利的振袖和服拿出去卖了。又是一位年轻女子买下了它,同样也只穿过一次便患病身亡了。这件和服,又被第四次送回了寺庙。

至此,住持暗自思忖,这件振袖和服上必有邪恶的妖魔在作怪。他吩咐寺里僧众在院子里点起一把火,打算把那和服焚烧掉。

寺僧们按照住持的吩咐,在院子里点起了火,将振袖和服投进了火中。然而,当那丝绸缎面开始燃烧起来时,火焰中猛然出现了七个金光闪闪的大字——"南无妙法莲华经"。紧接着,那七个大字变成了七簇巨大的火花,一个接着一个地跳上了寺庙的屋顶,整座寺庙霎时间被大火吞噬。

燃烧着的火花从寺庙飞向空中,不久又落在了附近人家的屋顶上。不一会儿,整条街便陷入一片火海之中。就在此时,海上刮起了一阵大风,火借风势,进一步点燃了周边的街道。接下来大火从一条街蔓延到另一条街,从一个区域扩散到另一个区域,整座江户城几乎都被燃烧成了灰烬。明历三年[1](公元1657年)正

---

[1] 作者原文误作"明历元年",编者在此进行了更正。

月十八日发生的这场火灾,被称为"振袖火事",至今仍留存于东京人的记忆当中。

根据故事集《纪文大尽》一书记载,那个吩咐制作振袖和服的女子名叫阿鲛,她是麻布百姓町的酒家老板彦右卫门的女儿。因为阿鲛长得漂亮,人们都亲切地称她为"麻布小町",或者"麻布的小町"[1]。《纪文大尽》中还记载道,故事中失火的寺庙,便是位于本乡的日莲宗本妙寺,那件振袖和服上的纹饰便是桔梗花。不过,这一传说亦流传着许多不同的版本。本人对《纪文大尽》的说法也并非尽信,因为这本书还说,那位美男子武士其实并非人类,而是上野不忍池中的龙或者水蛇的化身。

---

[1] 时隔千年之后的今天,在日本仍然可以听到小町,或者小野小町这个名字。那是一代大美人,也是一位伟大的诗人。据说在大旱之年,她的诗歌可以感动苍天,令其降下甘霖。对小町魂牵梦萦却又终究未果的男子不计其数,甚至有人因求之不得而思念成疾,就此撒手人寰。然而,当小町年华老去时,她也遭遇了许许多多的不幸。甚至由于极度贫困,最终沦为乞丐,死在了京城的大街上。只着一件破衣下葬,未免也太过可怜。于是,一位好心的穷苦百姓拿了一件穿旧了的麻单衣(日语作"帷子"),将小町的遗体裹住,埋葬在岚山附近。那个地方被取名为"帷子辻"(辻,意为路旁、街头、十字路口),至今仍常有游客到访。(作者原注)

因果的故事

从前,有位大名的夫人身患重病,她心中清楚,自己将不久于人世。自文政十年(公元1827年)的初秋病倒以来,夫人便终日卧床不起。如今已是文政十二年(公元1829年)的四月,正是樱花盛开之时。夫人不禁怀念起从前春日里,在庭院中赏樱的幸福时光。她又想到了自己的孩子们,还有丈夫的众多侧室,特别是那位年方十九的雪子。

"爱妻,"大名对夫人说道,"三年来,你一直为疾病所苦。为了让你早日痊愈,我想尽了一切办法。我们日夜守候在你的身旁,为你诵经祈福,并多次断食斋戒。可尽管我们给了你尽可能多的关爱,请了医术最为高超的名医为你诊治,仍是回天乏术。佛说:'三界无安,犹如火宅。'夫人能早日从中解脱,也是幸事。只是死别之痛,要由我们这些还活着的人承受了。我们将不惜一切代价,举办盛大的法事,为你的来生祈福。我们全家将一刻不停地为你诵经,使你不会在九泉之下徘徊,能够早日成佛,往生极乐。"

大名轻抚着妻子，在她耳畔温柔低语。夫人听完这番话，合上了双眼，以蚊蝇般微弱的声音回答道："夫君的一番好意，妾身不胜感激。正如您所说，妾身缠绵病榻这三年间，全家人给予了无微不至的关怀照料。如今弥留之际，我已然没有遗憾，又怎会在冥途上迷路徘徊呢？已经到了这个时候，我本不该再心系俗世之事了，只是我仍有一个心愿未了。请把雪子叫到我的身边来，您知道，我一直将她当作自己的亲妹妹看待，对她疼爱有加。关于往后家中的事务，我还有些话想要对她说。"

大名将雪子唤了过来。遵照大名的指示，雪子跪在了病榻前。大名的妻子睁开眼睛看了看雪子，然后说道："啊，雪子你来了……我真高兴……请你再靠近我一些……这样你才能听清我说的话，我实在没法再大声了。雪子，我没有多少时日了。我离开以后，你务必尽心尽力地服侍夫君。因为我希望由你来接替我正室的位置。你要永远被夫君爱着，甚至要比我得到的爱还要多。你很快就会被扶为夫君的正室，成为受人尊敬的大名的妻子。你要永远倾注全部的心力在夫君身上，绝不能被其他女人夺去夫君的爱。我想要对你说的就是这些，雪子……你听明白了吗？"

"啊，夫人，"雪子反驳道，"我求您千万别对我这么说。您知道，我出身寒微，又怎敢奢望成为大名的正室呢？"

"不，不！"夫人嗓音沙哑地回答道，"我不是在与你客套，我说的都是真心话。我离世之后，你一定会被扶为夫君的正室。我再说一遍，夫君的正妻非你莫属，在我心里这件事比我自己成佛都更加重要……啊，差点儿忘记了，我还有一个请求。你知道，家中庭院里有一株八重樱，是前年从大和国的吉野山移栽过来的，听说现在正在开花。我一直盼望着能够看到八重樱盛放的美景。我命不久矣，临终前无论如何都想要看上一眼那棵樱花树。求你把我背到院子里，现在就去，雪子，带我去看一眼樱花……快，雪子，背上我，让我趴在你的背上……"

夫人不住地恳求着，声音竟渐渐变得清晰有力起来，仿佛心中那强烈的愿望赋予了她新的力量。说完，她又突然失声痛哭起来。雪子不知道如何是好，只得跪在地上一动不动。

这时，大名点了点头说道："这是夫人最后一个心愿了。她素来喜爱樱花，我知道她一直盼望着能够看到那株八重樱开花。去吧雪子，帮夫人了了这最后的心愿吧。"

就像乳母要背起孩子那样，雪子将自己的肩膀趋向床前，对夫人说道："夫人，我已经准备好了，请您尽管吩咐。"

"对，就是这样！"说完，原本已经垂死的夫人，竟不知从何处生出了一股惊人的力量，紧紧地抓住雪子的肩膀坐了起来。她挺直身子后，迅速地将一双枯瘦的手伸进了雪子的衣襟里，一把抓住了雪子的双乳，随即发出了邪恶的笑声。

"我的愿望终于实现了！"夫人高声叫道，"我说想要看樱花[1],并非是指院子里的樱花!若不能得偿所愿,我死不瞑目。如今总算实现了!啊,我太高兴了!"

说完,夫人便瘫倒在雪子的背上,断了气。

仆人们立即上前,打算将夫人的尸体从雪子的背上抬下来,放回到床上去。然而奇怪的是,这件看似简单的事情却实在无法办到。夫人那两只冰冷的手,不知为何紧贴在了雪子的乳房上,就像在那血肉里扎下了根一般。恐惧和剧痛,令雪子倒在地上晕了过去。

大名赶忙请来了医生,可医生们也不明白这究竟是怎么一回事。任何寻常手段都无法将死去夫人的手从雪子的身体上弄下来,因为那双手完全贴在了雪子的乳房上,稍微一拽便难免流出鲜血。之所以这样,是因为夫人的手不是简单地贴在雪子的双乳上,而是那手上的皮肉与雪子胸前的皮肉,以某种不可思议的方式融合在了一起。

那时,整个江户医术最为高超的,便是一位来自荷兰的外科医生。大名便将他请过来诊断。荷兰医生认真检查了一番之后,

---

[1] 日本的古典诗歌当中,经常将女子的肉体之美比作樱花,心灵之美比作梅花。(作者原注)

表示自己也不明白究竟是怎么回事。要想尽快解除雪子的痛苦，唯有先将夫人的双手从她的尸身上割下来，除此之外别无良策。若是强行将手从雪子身上剥离，便会令雪子有生命危险。无奈之下，大名只得采纳荷兰医生的建议，将夫人的双手从手腕处割断。然而，那两只断手竟依旧紧紧地攥在雪子的双乳上。不久，那双手变得又黑又干枯，就像是死去很久之人的手。

谁知，这还只是恐怖的开始。

那双枯槁失血的断手，并没有就此消停。每隔一段时间，它们就会像巨大的灰蜘蛛一样蠕动着。在那之后，每到夜晚丑时，那双手就会抓紧雪子双乳，狠狠蹂躏摧残，不到寅时便不罢休。

后来，雪子落发出家，成了一位托钵尼[1]，法号脱雪。她为故去的夫人立了一个灵位，上刻其戒名：妙香院殿智山良妇大姊。脱雪无论行脚到哪里，都会随身带着这个灵位。每日，她都会对着灵位虔诚地祷告，祈求死者的宽恕。她勤修善业，回向功德，以求疯狂嫉妒的亡灵得以安息。然而，想要消除如此深重的业障又谈何容易。据最后一位听雪子讲述自身经历的人说，十七年过

---

[1] 托钵尼：指手持钵盂行走四方、化缘乞食的尼姑。

去了,每晚丑时,那双手依旧在折磨着她。当时是弘化三年(公元 1846 年),雪子在行脚途中投宿于下野国河内郡田中村的野口传五左卫门家中。从那以后,就再也没有了脱雪的消息。

天狗的故事[1]

后冷泉天皇[2]在位时期,京都附近比叡山上延历寺的西塔内曾经住着一位高僧。一年夏天,高僧赴京回来的路上经过北大路,见五六个孩童聚集在一起斗一只老鹰。他们设下陷阱套住老鹰,把它用绳子捆绑起来,用棍棒抽打它的躯体。

"啊,好可怜呀!"老僧叫道,"孩子们,你们为什么如此折磨它?"

一个男童回答道:"我们要杀死它,然后取它的羽毛。"

高僧不由得心生慈悲,取了一把蒲扇递与孩童,作为交换,高

---

[1] 本故事原收录在《十训抄》这一古老的日本故事集当中。该故事也曾是一部能剧谣曲"大会"的主题。在日本的民间绘画当中,天狗通常被描绘成长有喙形鼻子与双翼的男人,或是猛禽一类。天狗有许多不同的种类,但它们有共同的特点:都是住在大山里的灵物,且可以变换成各种各样的形状,时而是鸟,时而是鹰,时而又是秃鹫。此外,在佛教当中,天狗被归于"魔民"类。(作者原注)

[2] 后冷泉天皇:日本第七十代天皇,1045—1068年在位。

僧得到了老鹰,并当场将它放飞。老鹰似乎并未受到太多的伤害,平安地飞向了天空。

高僧行了善,心里十分高兴,继续赶自己的路。没走多远,只见道边的草丛里出现了一个奇怪的法师,朝着自己的方向匆匆走了过来。法师来到高僧的身边,恭恭敬敬地说道:"承蒙大师慈悲为怀,我才得以挽回性命,我会以合适的方式,对您表示衷心的感谢!"

听对方这么说,高僧一时感到迷惑不解,于是便问道:"我不曾记得见到过您,请问您是哪位?"

"我现在这副模样,难怪您会认不出来。我就是那只在北大路遭恶童们摧残的老鹰。托您的福,我躲过了一劫,死里逃生。这个世界上没有比生命更加宝贵的东西了。我愿意回报您的救命之恩,您若有什么想要得到的东西,或者想要了解的事物,想要看见的景象,只要是我能够办得到的,就请您尽管吩咐。我多少使得些神通法术,几乎可以满足您所有的愿望。"

听了这话,高僧才知晓原来对方是只天狗。于是,高僧坦率地回答道:"朋友,我都活到七十岁了,那些功名利禄对于我来说已经没有了意义,此生此世,我已无任何心愿。只是,我不知道死后转世,来生会是怎样。可是,这种事情谁都不会知道,问你也只能让你感到为难。不过,我这一生倒也确有一件憾事。说起来,佛祖释迦牟尼在世时,在印度的耆阇崛山,就是世人所说的灵鹫山上,曾经召开了一个盛大的法会。而我那时尚未投胎成人,

因而没有能够参加。多年以来，在每天早晚诵经念佛之时，我仍然感到不胜惋惜。如果我能像菩萨一样，穿越时空一睹那场法会的盛况，那该多么幸福啊！"

"噢，这件事情非常容易。"天狗说道，"那场灵鹫山法会的情形，我记得十分清楚。尽管它已经过去了很久，但我仍然可以原原本本地把它展示在您的眼前。能够再现那曾经的伟大瞬间，真是无上的光荣啊。那么，就请您跟我一起到这边来。"

说着，他带领着高僧来到了山里，爬上了松林间的一座斜坡。

"好了。"天狗说道，"请您闭上眼睛，稍等片刻。当您的耳边响起佛祖说法的声音时，便可以睁开您的双眼。只是，当您看到佛祖显圣时，绝对不可以让信仰之心影响到您的一举一动，不能低头诵经，就连'阿弥陀佛''佛祖保佑'之类的赞叹之语也不能说出。一旦您表露出对佛祖的信仰之心，就会有祸事降临到我的头上。"

高僧忠实地答应了天狗的请求。接着天狗就匆匆离开了，似是要去做什么准备。

夜幕降临，四周一片漆黑。高僧依旧坐在树下，紧闭着双眼耐心地等待着。突然，美妙的梵音响彻在他的头顶上，那声音深沉而清晰，如同钟鸣。那便是佛祖的声音，他开始宣讲至高无上的佛法了。这时，高僧睁开了眼睛，他看到周围佛光照耀，万物焕然一新。高僧看到自己已然置身于灵鹫山中，来到了《妙法莲华经》

所描述的时代。

　　高僧的身边已经不见了方才的那片松林，取而代之的是一棵棵七重宝树。树上长满了茂密的枝叶，结满了由宝石制成的果实。曼珠沙华和曼陀罗花从天而降，在地面上铺成了一片花海。夜空里充满了醉人的芳香，佛光普照，美妙的梵音响彻大地。天空中，世尊释迦如来佛仿佛一轮明月，端坐在狮子座中间。他的右手边是普贤菩萨，左手边是文殊菩萨。其他众菩萨及神、夜叉、阿修罗、人、畜生等像是天上的繁星一般簇拥在他们身前。高僧还看到了舍利弗、摩诃迦叶、阿难陀，以及如来的所有弟子。大梵天王、四大天王也像火柱一般威严耸立。龙王、乾闼婆、迦楼罗、日神、月神、风神等诸神纷纷降临。梵天闪耀着无数道光芒，然而在这之上，从佛陀释迦牟尼的额头上射出的一道光芒，刺穿了无尽的时空。那东方一百八十万净土，以及六道众生，甚至已然涅槃的诸佛悉数显现。高僧看到，这世间所有神佛、夜叉罗刹、有缘众生全都围绕在佛祖的狮子宝座前虔诚皈依、顶礼膜拜，口中诵咏着《妙法莲华经》。他们的声音如海涛般汹涌澎湃，令高僧一时忘记了与天狗的誓约，昏昏然以为自己真的来到了佛祖的面前。

　　"皈命顶礼、大恩教主、释迦如来！"高僧不禁高声喊道。他的眼睛里流出了激动的热泪，一下子拜倒在佛祖面前。

　　突然，大地开始剧烈地震动起来，眼前的景象顿时消失得无影无踪。待高僧回过神来，只见四周一片黑暗，自己再一次回到了原来的半山腰间，只身一人跪在杂草丛中。因为自己的一时不慎，违反了誓约，那壮丽的场景顷刻间破灭。高僧感到一阵难以名状的痛苦，而后脚步沉重地踏上了归途。这时，天狗再一次出现在高僧面前，他用痛苦和责备的口吻说道："你不顾后果，盲目显示信仰之心，破坏了与我的誓约，致使护法天童勃然大怒，骤然从天而降，把我们好一通责罚。他说：'尔等怎敢欺骗一位如此道德高尚的仁人！'那些被我召唤来的法师无一不吓破了胆，纷纷仓皇离去。我本人也折损了一只翅膀，从此无法再飞上天空。"

说完，那只天狗便永远地消失了。

和解

从前，京都有一位年轻的武士，由于侍奉的主君家道中落，他也就此穷困潦倒，无奈之下只得背井离乡，去往偏远地区侍奉新的主人。离开京城之前，武士先休了自己的发妻。那武士的妻子，无论是人品还是长相均无可挑剔。只是武士觉得，假如自己另娶一位出身高贵的女子，或许可以有更多发迹的机会。不久，武士便如愿以偿，娶到了一位名门之女，然后带着她一起去边陲上任了。

一切皆因武士年轻气盛，被一时拮据的生活动摇了内心，只想要出人头地，而不明白真正的爱情有多可贵。他草率地抛弃了发妻，可再婚后的生活却并不如意。第二任妻子性情暴躁，是一个自私自利的人。不久，武士便开始怀念起在京城度过的日子。这时他才意识到，自己仍然爱恋着前妻，实在没法对第二任妻子产生感情。他也终于明白自己当初是多么的无情无义，心里的愧疚、懊悔与自责日益加深，难以释怀。他想起被自己狠心抛弃的前妻——她那温柔的性格、美丽的面庞、优雅的举止，以及对他的耐心与包容……

这些回忆时刻萦绕在武士的脑子里，挥之不去。有时武士会梦见曾经生活困顿时，前妻坐在织布机前日夜操劳，贴补家用。他还梦见，在自己绝情离开后，前妻一个人绝望地坐在空荡荡的小屋里哭泣，泪水浸透了她破旧的衣衫。就连白天执行公务时，武士的心里也在挂念着前妻。他忍不住想，她现在过得怎样？每天都在做什么？有时候他还会安慰自己，前妻不会改嫁的，她一定能原谅他。武士暗自下决心，等回到京城，第一件事就是要找到前妻，求得她的原谅，让她再回到自己的身边，好好弥补曾经对她的伤害。在他昼思夜想中，时光匆匆流逝。

终于，武士的任期结束了，他又恢复了自由。

"我就要回到自己心上人的身边了。"武士下定了决心，"唉，我当初竟然就那样抛弃了她，真是太愚蠢、太残忍了！"

于是武士立即和第二任妻子离了婚，幸好二人并未生下孩子。武士将后妻送回娘家后，便急忙赶回了京城。到达京城后，武士甚至来不及脱去行装，便径直赶到了从前居住的房子处。

当武士来到故居所在的街道附近时，夜色已深。那天刚好是九月初十，整条街道就像一座墓园，四周寂静无声。借着明亮的月光，武士很快便找到了自己曾经的家。房子已经破烂不堪，屋顶上长满了杂草。他敲了敲窗户，里面无人应答，随后又去推门，发现门没有上闩，便直接走进了屋内。只见正厅空荡荡的，什么也没有。

门板缝隙之间吹来阵阵冷风,月光穿过墙壁上的裂缝照进房间。他再往里走,其他房间同样一片凄凉,看不到有人居住的迹象。尽管有些失望,可武士又想到家中最里面还有一间小屋,那里是前妻最喜欢待的地方,便赶紧过去看看。武士靠近房间的隔扇门,发现里面透出一缕亮光。他推开门,不由得一阵惊喜。灯光下,他看到前妻正在缝补衣衫。与此同时,妻子也抬起了头,两人的目光碰在了一起。她满脸笑容地向武士问道:"夫君什么时候回到京都的?这屋里一片漆黑,你怎么知道我会在这里?你还没有忘记这个家吗?"

尽管经历了漫长的岁月,妻子却是容颜未改,还是武士记忆中年轻美丽的模样。她的嗓音比从前更加甜美动听,因惊喜而微微发颤。

武士高兴地坐在了前妻的身旁,一下子说出了所有的心里话:他为自己从前的自私行为感到深深悔恨,因失去爱妻而感到痛心难过,他无比怀念与她共同度过的日子,他好想再回到她的身边,好好补偿对她的亏欠……武士一边倾诉,一边轻轻地抚摸着前妻,一次次地恳求她原谅自己。

前妻的回答正合武士心意:"夫君你不要再责备自己了,我一点儿也不怪你,是我不配做你的妻子。我知道,你离开我都是生活贫困所迫。我们在一起生活时,你总是对我关怀备至;你离开后,我也一直在祈求你能平安喜乐。至于你说要补偿我,就算你真的对我有所亏欠，可你今天能够回来，就已经是最好的补偿了。能够再一次见到你，就是我最大的幸福了，哪怕只有这一面——"

"怎么会只见一面？"武士不由得笑了笑，高兴地说道，"不，我不会再离开你了。只要你不嫌弃我，我便从此与你共同生活在一起，永世不分离。我现在已经有了一大笔财产，也有很多朋友。我们不会再为贫穷而感到困扰。明天我就把家当全都搬到这里来。我还会叫来男女仆人，让他们好生服侍你。之后，我们还要把这房子好好修葺一番。不过今天晚上……"男人抱歉地接着说道，"今天我到这里时已经很晚了，为了赶紧见到你，向你说说心里话，我还没来得及脱下行装，就急忙赶了过来……"

听了武士的话，前妻心里非常欣慰。接下来，她便开始诉说起丈夫离开后，京都发生的种种事情。不过，对于发生在自己身上的痛苦与悲伤，她却只是微笑着只字不提。那一天，两个人一直聊到了很晚。最后，前妻把武士带到了一间朝南的暖和一点儿的房间，这里曾经是他们两个人结婚的新房。

前妻正在这里铺床时，武士开口问道："家里没有人帮你料理家务吗？"

"没有。"前妻爽快地笑着回答道，"家里生活本来就不宽裕，哪里有钱请仆人？我一直是一个人生活。"

"明天就会来很多仆人供你使唤。"武士说道，"仆人们都很能干，除此之外，你还想要什么东西，我都可以替你置办。"

两个人躺在床上，却没有立即睡觉，他们之间似乎有说不完的话。他们从过去说到现在，又说到将来，一直聊到天色泛白，才不知不觉闭上了眼睛，昏昏沉沉地进入梦乡。

待武士醒来时，灿烂的阳光已经透过窗棂照射进了房间。令他惊讶的是，自己竟然睡在了光秃秃的、朽烂不堪的地板上。难道是自己做了一个梦？不，不可能是梦，前妻就躺在自己身边，她还没有醒来……武士翻过身，抬起头看了一眼，不由得尖叫了起来。睡在自己身旁的，哪里是美丽的前妻，竟是一具用殓布裹住的女尸——而且，是一具早已腐烂的尸体，除了一堆骸骨和一撮蓬乱的头发以外，几乎所剩无几。

武士吓出了一身冷汗，浑身哆嗦着，在阳光下慢慢地爬起了身。不久，那如坠冰窟的恐惧，变成了难以忍受的绝望和刺骨的悲伤。可即便如此，武士依旧心存一丝疑惑，这疑惑在内心嘲讽着他。于是他假扮成外乡人，鼓起勇气向街坊邻居打听起前妻的住处。

"那所房子早没人住了。"邻居回答道，"那房子的原主人是一位武士，几年前，那个武士休掉了发妻，娶了别的女人并离开了京都。他的发妻伤心欲绝，不久便一病不起。可怜她孤身一人，在京都又没有亲人照顾，最终在那一年的秋天不幸亡故了，具体日子嘛，好像就是九月初十……"

普贤菩萨的传说

从前,在播磨国[1]住着一位法号性空上人的高僧。他学识渊博、信仰虔诚,长年刻苦钻研《妙法莲华经》中有关普贤菩萨的章节,每天早晚祈祷,期盼着有一天能够亲眼见到经书中的普贤菩萨显现真身。

一天傍晚,就在性空上人诵经的时候,他突然感到一阵困倦,便倚在一旁的胁息[2]上沉沉睡去。他做了一个梦,梦中有人告诉他,要想拜见普贤菩萨的真身,最好是去神崎,那里有一位有着"头牌游女[3]"之称的女子。醒来之后,性空上人便立即出发赶往神崎,他日夜兼程,终于在第二天的傍晚前到达此地。

---

[1] 播磨国:日本古代的令制国之一,其领域大约相当于现在的兵库县南部。
[2] 胁息:一种衬垫扶手或臂凳。僧人读经的时候可以将一只手臂靠在上面,但并未专门规定僧人如何使用这种扶手。(作者原注)
[3] 游女:旧时指具有歌女和妓女双重身份的人。(作者原注)

性空上人来到那位女子所在的游女屋中时，那里已经聚集了很多人——他们大多是从京城来的年轻人，被游女的色艺所吸引，来到神崎。众人此时正聚集在那里歌舞取乐。游女手里敲打着小鼓，嘴里随着节奏唱着小曲。那是一首关于室积镇著名神龛的一首民谣曲，歌中这样唱道：

周防[1] 室积[2] 御手洗[3]，
无风亦可起涟漪。

那甜美的歌声令众人无比陶醉。性空上人坐在稍远的地方，倾听着那动人的歌声，不由得心旷神怡。就在这时，游女的目光突然盯住了性空上人。也就在那一瞬间，游女眼看着变成了普贤菩萨的模样，端坐于一头六牙白象之上。她的眉宇间射出灿烂的佛光，那光芒穿过天际，仿佛点亮了整个宇宙。她还在歌唱着，可那歌却已经变了，传入性空上人耳中的歌词是这样的：

------

[1] 周防：指周防国，日本古代令制国之一，其领域大约为现在山口县的东南半部。
[2] 室积：指室积町，今日本山口县光市室积地区。
[3] 御手洗：特指放置在日本神道教的神龛前，供信众祷告前净化嘴唇和双手用的石制或铜制的水槽、水盘。（作者原注）

实相无漏之大海[1]，

不惹五尘六欲[2]风，

却涌随缘真如波[3]。

　　那神圣的佛光太过炫目，性空上人不禁闭上了双眼。然而普贤菩萨的身姿竟能透过眼帘，清晰地展现在他眼前。可当他睁开眼睛时，普贤菩萨的身影却旋即消失，眼前依旧是游女一边敲着小鼓，一边唱着赞美周防、室积之水的歌谣。而他再次闭上眼睛，那骑着六牙白象的普贤菩萨又会重新出现在眼前。与此同时，耳边也再一次响起那首玄妙的"实相无漏之大海"歌。但是，在场的其他人似乎并没有看到普贤菩萨显灵，他们只是为游女的歌声舞姿所倾倒。

　　这时，游女却突然间从宴会上消失了。没有人知道她是何时离

---

[1] 在佛教中，"实相"指真谛、真性等，因其"真"而远离一切虚妄与染污，故称"无漏"，又因其含藏一切功德，故称"大海"。
[2] 佛教谓色、声、香、味、触能污染真性，故称"五尘"。"六欲"指色欲、形貌欲、威仪姿态欲、言语音声欲、细滑欲和人想欲，泛指欲望。
[3] 佛教中以水来比喻不变真如，以波来比喻随缘真如。不变真如即本性之真心、常住之佛性。不变真如应外来之缘而现森罗万象，即为随缘真如，犹如不变之水，依外缘之风，而起千波万波。

去、如何离去的。宴席上狂欢的人们立刻兴味索然,进而变得惆怅不已。众人无助地翘首盼望着游女的归来,可是她的身影却始终没有再次出现,于是人们只得怀着悲哀沮丧的心情不欢而散。而性空上人也怀着对今晚这一奇遇的震撼、迷惑,最后一个起身离开。可是,正当他将要走出大门时,游女却突然出现在他的眼前,对他说道:"和尚,今晚你的所见所闻,请不要对任何人说出。"说完,便又一次消失了,只余空气中浮动着阵阵芳香。

记载了这一传说的僧人在书中这样批注道:游女身份低微,被迫以色侍人,又有谁能想到,这样的女子竟是菩萨的化身?我们要记住,佛陀和菩萨为了度化众生,常常会变换种种不同的面目降临世间。只要能够将世人引向正途,他们甚至不惜选择最卑微的躯体。

骑尸体的男人

女人的身体变得像冰一样寒冷，心脏也早已停止了跳动。可是除此之外，并没有其他死亡的迹象，甚至没有人提出将她埋葬。只因女人是死于被丈夫抛弃的悲伤和愤怒，即使将尸体埋葬，事情也不可能了结。她含恨而死，复仇的愿望还未实现，绝不可能就此善罢甘休。再深的墓穴也会被她顶开，再重的墓石也会被她掀翻。住在女人家附近的人们，全都从自己家搬走躲了出去。他们知道，那女人现在就只等着负心的男人从外面归来。

女人死的时候，正赶上男人外出旅行。男人回来后，听说了发生的种种事情，顿时感到恐惧不已，吓得浑身直哆嗦。

"天黑之前，如果还没想出个应对的办法，必然会被她撕得粉碎。"男人暗自思忖着。虽说眼下正值辰时，离天黑尚早，但他知道这关乎自己的性命，容不得半点迟疑。

男人立刻去找阴阳师，乞求对方救自己一命。女人的死，阴阳师早已有所耳闻，并且已经查看过尸体。面对男人的再三求助，阴阳师这样说道："你的处境十分危险，不过我愿意尽全力救你，只是你必须按照我说的去做。保住你性命的方法只有一个,你必须经历更恐怖的事。如果你没有勇气去尝试,你将被那女子撕成碎片。如果你有勇气一试,那么就请在天黑之前再来找我。"

男人害怕得浑身发抖,答应一切按照阴阳师的吩咐去做。

日落时分,阴阳师和男人一起来到了停放尸体的房门前。阴阳师推开门,催着男人走进去。天色很快暗了下来。

"我害怕!"男人浑身发抖,嘴里喘着粗气,"我看都不敢看一眼!"

"你要做的,可不光是看看。"阴阳师果断地说道,"你不是答应,会完全按照我说的去做吗?快!快进去!"

阴阳师不容分说,将哆嗦着的男人推进房间,又把他拽到了尸体旁边。

女尸面部朝下,趴在地板上。

"喂,现在你骑到尸体身上去,"阴阳师说道,"就像骑马一样,死死骑在她的背上。快点!赶紧按我说的去做!"说完,阴阳师推了男人一把。男人尽管浑身颤抖得更厉害了,但还是依言骑在了女尸的背上。

"现在,你要用手抓住她的头发。"阴阳师接着命令道,"右手抓住一半,左手抓住一半,没错,就像骑马时握紧缰绳一样,把头发紧紧地缠绕在手上,两只手用力抓紧了。对,就是这样!接下来你听好了,你必须这样一动不动,直到第二天天亮。不必说,夜里会非常可怕,可是无论发生什么事情,你都千万不能松开她的头发。一旦你松手了,哪怕只是一瞬间,你都会被这女尸撕得粉碎!"

最后,阴阳师趴在尸体的耳边念了一些咒语,然后转过身来,对着骑在尸体上的男人说道:"好了,我还有一些其他的事情,只能留你一个人待在这里了。你就一直保持这个姿势,不要动。切记切记,千万不要松开她的头发,否则你必然会没命。"

说完,阴阳师关好了门,一个人径自离去。

几个时辰过去了,夜色渐浓,男人一直骑在女尸上,心中恐惧不已。突然,男人的一声尖叫,打破了周围的死寂。男人胯下的女尸猛地跳了起来,拼命要将压在身上的男人甩开。同时女尸凄厉地高声叫道:"啊,好重啊!但我现在就要把那负心汉带到这里来!"

女尸猛地一下站起身,跳到门前,撞开门,冲出了房间。其间男人始终趴在女尸的背上,他紧闭双眼,将女尸的长发缠绕在自己的双手上,死死攥住,丝毫不敢放松。极度的恐惧,令男人连大气也不敢出。也不知道女尸跑出了多远,他什么也没看见,黑暗之中,只听到女尸赤脚踩在地面上发出的噼啪声,以及嘴里发出的嘶嘶的气喘声。

最后,女尸转过身,又跑回了屋里,像先前一样趴在了地上,嘴里喘着粗气。直到次日雄鸡报晓，女尸才终于一动不动了。

男人吓得牙齿咯咯作响，一直死死地骑在女尸的身上，直到天亮后阴阳师赶来。

"看来你真的一夜都没有松手啊！"说着，阴阳师露出了满意的笑容，"太好了，你现在可以站起来了。"

接着，阴阳师俯下身，又在女尸的耳边念诵了几句咒语，然后对男人说道："这一晚一定很恐怖吧，把你吓坏了。可除此之外，没什么别的办法能够救你了。从今以后，你不必再担心她会找你复仇了。"

这个故事的结局，从道义的角度来说，着实有些不尽人意。最后，那负心的骑尸男子既没有被吓得发疯，也没有一夜白头。书中只写道："男人感激涕零，对阴阳师一再拜谢。"而故事最后的附注，也依旧让人感到失望。日本的原作者这样写道："骑尸男人的孙子依然在世，而那位阴阳师的孙子如今就生活在一个名为大宿直的村子里。"

这个村庄的名字，在现在的日本地名录中已经查不到了。从这个故事被记录下来以后，日本许多城镇和村庄的名字都已经改变了。

守约

"初秋我便会回来。"距今数百年前的某一天,赤穴宗右卫门在向自己的义弟丈部左门告别时这样说道。那时正值春天,地点就在播磨国的加古村。赤穴是出云国[1]的武士,他一直惦记着能有机会重访故乡。

丈部说道:"出云乃传说中八朵祥云升起之地,与我们这里相距甚远,恐怕兄长你也难以确定究竟何时才能返回。如果我能够事先知道兄长你归来的确切日期,那我便可以设下为你接风的酒宴,在大门口迎接你的归来。"

"我是一个习惯了走南闯北的人,什么时间到达什么地点,我都可以事先安排妥当。我向你保证,一定会在初秋的某一天归来。不如,我们就约在重阳佳节这一天,你看如何?"

"那就是九月初九了。"丈部说道,"九月初九,正赶上菊花

---

[1] 出云国:日本古代令制国之一,其领域大约为现在岛根县的东部。

盛开，我们可以一起去观赏，实在是妙极了。就这么说定了，兄长你九月初九可一定要回来啊！"

"好，九月初九我一定回来。"赤穴再次保证，并微笑着与义弟道别。之后，赤穴便离开了播磨国的加古村，匆忙踏上了旅途。丈部携老母含泪目送赤穴远去。

在日本，自古以来就有谚语道："日月乃百代之过客，岁月流年亦若旅人。"光阴荏苒，转眼已经是秋菊满园。九月初九的一大早，丈部左门便开始准备迎接自己的义兄归来。他备下饭菜，买了好酒，将厅堂洒扫一番，又在花瓶中插上黄白两色的菊花。见此情景，老母亲不禁劝道："儿呀，听说那出云国与这里相隔百里之遥，其间山高路险，赤穴他今日未必就能返回，且等赤穴回来，再备酒菜也不迟呀。"

"不，母亲大人！"丈部回答道，"兄长他是位极重信义的武士，既然承诺了今日归来，便绝不可能食言。如果等兄长回来后再匆忙置备酒肴，会让他觉得我们信不过他，那我们该多羞愧呀！"

重阳节这天，晴空万里，风和日丽。一大早，村中便有不少旅客经过，其中也不乏武士的身影。每当有武士走过，丈部都频频张望，以为是赤穴回来了。可直到正午，寺庙里响起了钟声，也没见赤穴的身影。正午过后，丈部继续焦虑地等待着，却仍不见义兄归来。眼看着夕阳西下，赤穴还是没有出现。可即便如此，丈部仍旧伫立在大门外，呆呆地凝望着前方的大路。

后来，老母亲忍不住走出来对丈部说道："儿啊，有句谚语说，人心好比秋天的云，一时一变，而这满园的秋菊明日依旧盛开。不如今日你就此进屋歇息，明早继续等待赤穴归来如何？"

"母亲大人，您先休息吧！"丈部回答道，"我相信赤穴兄长今天一定会回来的。"

老母亲无法，只得先回房休息了，丈部依旧伫立在门外等候。

夜晚空气依旧清新，但见皓月当空，亮如白昼。村民们都已进入梦乡，只有远处小河的潺潺流水声与寥寥几声犬吠打破了四下的静寂。丈部仍旧一个人继续等待着。直到月亮渐渐沉到山峦的背后，他才终于决定放弃。正当丈部打算回屋时，却见远处有一个高个子的男人，脚步轻快地朝着自己的方向赶来。丈部定睛一看，正是自己的义兄赤穴宗右卫门！

"啊！"丈部大叫着跑了过去，"小弟今日从早晨便开始等候兄长，一直等到现在！兄长你果然没有失约，到底如期归来了！一定累了吧，快请进屋，酒菜早就准备好了！"

说着，丈部把赤穴领进屋，请到上座，顺手挑亮了灯捻儿，接着又继续说道："母亲等得劳累，就一个人先睡下了，我这就去唤她起来。"

赤穴闻言摇了摇头，制止了丈部。

"好，那就依兄长所言。"说着，丈部把酒菜温好端上，摆在了远道而归的赤穴面前。可赤穴却酒也不喝，菜也不吃，坐在那里一言不发。过了好一阵儿，赤穴才长长地叹了一口气，似是怕惊动老母亲，压低了嗓音开始诉说道："我此番晚归，着实有些原因，你听我细细说来。我到了出云国后，发现国人大都已经忘记了从前的城主盐治氏的恩德，转而攀附窃取了富田城的篡位者尼子经久[1]。我的堂弟赤穴丹治，也已转而侍奉经久，并作为经久的家臣住在了城内。我因事拜访丹治，他便极力劝说我，试图让我也留下为经久效力。我权且听从了丹治的话，跟在经久身边，目的是想借机仔细观察经久的为人。此前我从未见过尼子经久，此次接触之下我发现他虽有万夫不当之勇，且擅长领兵率将，但为人多疑善猜忌，又凶暴残忍，其手下士卒并不真心服从。于是我向经久表示，自己无意在他手下侍奉。不料在我退下之后，经久便命令丹治将我囚禁在了他的家中。我说已有约在先，须在九月初九赶回播磨国，可他们坚持不放我走。我也曾打算趁黑夜逃出宅邸，却发现他们早已布下哨兵日夜把守，以致我一直脱不开身，直到今日……"

"直到今日？"丈部感到十分奇怪，惊呼道，"富田城距这里不下百里！"

---

[1] 尼子经久（1458—1541）：日本战国时代的武将、大名，擅长谋略。

"是的。"赤穴回答道,"要知道,人一日不可能行走百里。可如果我违背了自己的诺言,贤弟会如何看待我?思来想去,我想到了古人曾说'魂可日行千里'。幸好太刀没有被他们缴去,一直在我身边,这才得以如期赴这菊花之约。还请贤弟代我问候令慈,望她老人家身体康健。贤弟你今后也要多尽孝心,好生奉养母亲。"

说罢,赤穴便站起身,一下子消失在原地。

丈部这才明白,义兄赤穴为了履行诺言,竟切腹自尽了。

第二天一大早,天还未亮时丈部左门便离开家,动身前往出云国的富田城。到了松江附近,左门听说九月初九那晚,义兄赤穴宗右卫门是在城内赤穴丹治的宅邸里切腹自尽的。于是,丈部来到了赤穴丹治的家中,当面斥责了丹治的不义之举,随后一刀砍死了他,并毫发无伤地离去。城主尼子经久闻知此事,勒令部下不得追杀丈部左门。因为,即使是凶暴残忍的经久,也懂得信义之珍贵,并被丈部左门的勇气和情谊深深地打动。

毁约

一

"妾身倒是不畏惧死亡，"妻子临终前说道，"只是有一件事情始终挂念于心。我想知道，我去了以后，会是哪个女人接替我，成为你的妻子？"

"夫人，"悲痛的丈夫回答道，"在这个家里，你的位置无人能够取代，我不会再娶他人进门的。"

丈夫说这番话时，的的确确是真心实意的。因为多年以来，他与即将死去的妻子一直感情甚笃。

"那你能以武士的名誉起誓吗？"妻子微微一笑，轻声问道。

"我以武士的名誉起誓。"丈夫抚摸着妻子苍白的脸庞，坚定地回答道。

"那么，我死了以后，夫君你能将我葬在家中庭院里吗？就埋在当初我们两个人一起种下的那片梅树林下。我很久以前就希望死后能够葬在那里。若是夫君日后再婚，想必是不愿每天面对着我的坟墓的。不过方才夫君你已经发誓不会再娶，所以妾身才能够不再顾虑，放心地说出了自己的愿望。我是多么希望死后能够被埋葬在这个庭院里呀！这样即便是死了，我也能经常听到夫君的话语声，每到春天，还可以看到盛开的鲜花。"

"我一定会满足夫人的心愿的，"丈夫答应道，"不过，现在还是不要说这些了，你的病还是有痊愈的希望的。"

"不，妾身已经不行了，"妻子说道，"怕是挨不到明日，今早便要去了……夫君，请你一定要将我埋葬在家中庭院里呀。"

"我一定会的，就在我们俩共同栽种的那片梅树林下，为你建一座美丽的香冢。"

"那，还能给我一只小手铃吗？"

"小手铃？"

"是的，希望夫君在我的棺材里放上一只小手铃，就是出家人外出行脚化缘时，常拿在手里的那种，可以吗？"

"当然可以，除此以外，夫人还有什么心愿吗？"

"妾身心愿已了，再无他求了。"妻子说道，"夫君待我这样好，如今我可以含笑九泉了。"

说完，妻子闭上眼睛，停止了呼吸。就像疲惫不堪的孩子，躺在床上安详地进入了梦乡。她那美丽的脸庞上，还挂着淡淡的微笑。

按照妻子的遗愿，丈夫在妻子的棺中放入了一只小手铃，并将她安葬在了庭院中她生前最喜爱的梅树下。丈夫还在妻子的墓前立了一座绘有家纹的墓碑，上刻妻子的戒名：慈海院梅花明影大姊。

然而，妻子过世尚不足一年，丈夫的亲朋好友便纷纷开始劝他续弦。"你还年轻，"大家说道，"又是家中独子，总得为家里传宗接代吧？娶妻生子，可是你的责任啊，如果不生个一儿半女的，将来岂不是断了祖宗的香火？"

终于，在亲朋好友们的轮番劝说下，丈夫同意再娶一位妻子，新娘是位年方十七的少女。尽管前妻就葬在家中庭院里，像是在无声地谴责着他。但丈夫还是移情于新婚妻子，将自己对前妻许下的誓言抛在了脑后。

二

新婚后的头七天里，二人过得十分幸福，没有发生任何让年轻的新娘不愉快的事情。直到第七天夜晚，身为武士的丈夫受命前往城中值夜勤，无奈只好将新娘一个人留在家里。那天晚上，新娘心中感到一阵不安，却又说不清缘由，只觉得有种异样的恐惧弥漫在心间。她上床准备歇息，却辗转反侧、难以入眠。周围的空气变得沉重凝滞起来，像是暴风雨将至，令人压抑得透不过气来。

大约在丑时，新娘的耳边突然传来了一阵出家人行脚化缘时的摇铃声。新娘有些惊讶，深更半夜，怎还会有出家人化缘经过？

过了一会儿，那铃声竟越来越响，显然那出家人是冲着自家来的。可是，铃声为什么会从屋后传来？那里明明没有路啊……突然，院中的狗狂吠起来，仿佛受到了极大的惊吓。巨大的恐惧如梦魇一般袭扰着新娘。她强自镇定，辨认出那铃声的确是从后院传来的，于是打算起身呼唤仆人。谁知，她却无论如何都站不起身来，甚至连声音都发不出来了。只听那铃声越来越近，犬吠声也越发凄厉了。就在这时，眼前一个女子的黑影鬼魅般飘进了屋里。然而四周门窗紧闭，屏风也未曾有丝毫晃动。屋里出现的是一个身穿白寿衣，手持化缘摇铃的女人。那女人双目空洞无神，一头蓬乱的长发披散在面孔前，像是已经死去多时了。只见她睁着一双没有眼珠的眼睛，张着看不见舌头的嘴巴，恶狠狠地对新娘威胁道："你凭什么待在这里？这里没有你的位置，我才是这个家的女主人！你快给我滚出去！这件事，你不许告诉任何人。否则，我就将你碎尸万段！"

说完，那女鬼便消失在黑暗之中。新娘因为极度恐惧，倒在床上不省人事，直到第二天清晨才苏醒过来。

清晨的阳光照射进屋内，一切都同往常一样。新娘不禁怀疑，自己昨夜的所见所闻，是否真的发生过？然而，那个女鬼发出的恐怖威胁，却在新娘的脑海中挥之不去。因此，前妻亡魂现身一事，新娘没有对任何人说出，包括自己的丈夫。她极力说服自己，昨夜不过是做了一场恐怖的噩梦。

可是，到了第二天的夜里，新娘再也无法当这一切只是梦了。同样是在丑时，院中的狗又齐声狂吠起来，铃声再度响起，穿过后院，渐渐向她逼近。新娘想起身唤人，却发现自己同昨晚一样身不能动、口不能言。女鬼再次出现在新娘面前，嘶声恫吓道："滚出去！不许对任何人说起这件事！若你胆敢泄露半个字，我就把你碎尸万段！"

那鬼魂来到新娘床边，俯下身恶狠狠地威胁她，样子极度狰狞恐怖。

翌日清晨，武士从城里归来，年轻的新娘立刻跪倒在他脚边，向他哀求道："夫君，求求您，让我回娘家吧！我知道提出这种无理要求实在是不应该，但求您尽快将我送回娘家吧，越快越好。"

"怎么，发生什么让你受委屈的事了吗？"丈夫觉得奇怪，"我不在家的时候，是不是有谁欺负你了？"

"没有，"新娘一边抽泣着一边说道，"家中上下对我都十分友善，只是……我真的再也无法继续做你的妻子了，我必须离开这个家。"

新娘这突如其来的举动，令武士错愕不已，不由得开口说道："这个家让你感到不愉快，我真是很难过。可我实在不明白，既然家里人待你都很好，你又为什么执意要离开呢？难道说，是你自己想要与我离婚吗？"

新娘浑身颤抖,边哭边回答道:"若不与夫君离婚的话,那我便只有死路一条了。"

武士沉默了一会儿,他思来想去,还是实在想不通妻子为何突然态度大变,有此惊人之语。他极力控制住自己的感情,对妻子说道:"你没有做什么错事,如果我就这样把你送回娘家,这让我在外人面前如何交代?如果你能说出个正当理由,那么,我便同意与你离婚。若你给不出合理的解释,我是绝不会答应的。毕竟,这事关我们整个家族的名声。"

既然丈夫说到如此地步,新娘觉得自己也不得不说出事实真相了,于是便将自己前两晚的可怕经历对丈夫和盘托出。之后,新娘又一脸惊恐地说道:"如今我将一切都对您说了,那个女鬼一定会杀了我的……"

武士向来胆大过人,且从不相信鬼神之说,然而他此番听到妻子的话以后,心中也不免有些动摇。不过很快,他就想出了一个看上去不错的解决办法。

"我猜,这都是你心神过于紧张焦躁所致,又或是从哪里听了什么荒诞无稽的故事。总不能因为做了个噩梦,就要闹着与我离婚吧。我不在的期间让你受了惊吓,我心里也是十分愧疚。今天晚上,我还要到城中去值夜勤,但我不会再让你孤单一人。我会让两名仆人守候在你房间里,以便让你安心休息。这两个人都有不错的身手,他们会保护好你的。"

丈夫那充满关爱的抚慰和体贴周到的安排，令新娘渐渐打消了恐惧，她决定不再提及离开这个家的事。

三

奉命守护新娘的两名仆人，都身强力壮，又忠心耿耿，且对保护妇孺颇有经验。他们为了让新娘放松紧张的心情，便尽量聊起一些有意思的话题。新娘和他们聊了许久，谈笑间渐渐将恐惧抛在了脑后。到了睡觉的时间，新娘铺好被褥上了床，两名仆人则备好兵刃，坐在屋角的屏风后面下起棋来。为了不打扰新娘，他们尽量压低了声音。不久，新娘困意袭来，便如婴儿般进入了梦乡。

然而到了丑时，屋外又传来了那可怕的铃声，新娘再次从睡梦中惊醒，只听那铃声越来越近，正向自己床边逼来。新娘从床上跳下来高声呼救，可房间里却始终无人应答，唯独死一般的沉寂充斥了整个房间。

新娘赶忙来到两位全副武装的仆人身边，却见二人一动不动地坐在棋盘前，眼睛呆呆地凝视着对方。新娘尖叫着拼命摇晃他们，可二人却像浑身被冻住了一般，一点反应也没有。

据两名仆人事后回忆，当时他们也都听到了铃声，以及新娘声嘶力竭的哭喊求救声，也能感觉到她在用力摇晃他们的身体。但不知为何,他们就是既说不出话来也动弹不得。接着,他们感到一阵恍惚,眼前变得一片漆黑,之后便陷入昏睡之中。

天亮以后,回家的武士来到新娘的房间,只见灯火将熄未熄,年轻的新娘身首异处,倒在一片血泊之中。两名仆人对坐在尚未对弈完的棋盘前,昏睡未醒。直到武士大声喊叫,两人才清醒过来,急忙环顾四周,惊骇地看着眼前的恐怖景象……

新娘的头不知去了哪里,肩膀上的伤口令人胆战心惊。武士根据伤口判断,新娘的头并非被利器砍掉,而是被活生生地从身上揪了下来。地上滴落的血迹,从房间一直延伸到屋外的走廊上,那里的雨窗板被劈裂了。武士与仆人三人循着血迹来到了庭院。他们穿过草丛,越过沙地,沿着长满菖蒲的池塘边一路寻过去,来到了杉树及竹林下那条昏暗的小巷。就在这时,猛然间从前面小巷的转弯处冒出了一个声音如蝙蝠嘶鸣的妖怪,正好和武士三人打了个照面。

原来,这妖怪正是武士早已去世的前妻,此刻只见她立在自己的墓碑前,一只手握着一只摇铃,另一只手则提着一颗血淋淋的人头。三个人顿时一愣,双腿麻木,呆呆地站在原地一动不动。所幸其中一名仆人很快反应了过来,一边口中念着佛经,一边迅速提起刀向那女鬼砍去。手起刀落,女鬼的身体瞬间溃散,白寿衣、骸骨、头发,皆碎成齑粉。满地残骸中,一只手摇铃滚落在地,仍叮叮当当余音不绝。

然而，女鬼那只剩下森森白骨的右手，虽然已从手腕上脱落，却仍在蠕动着，五根手指就像死死夹住果实不放的蟹钳，依旧紧紧地抓着那颗血淋淋的人头……

"这可真是个可怕又残忍的故事！"我对讲故事的朋友感叹道，"那女鬼真想复仇的话，也应该去找那个背信弃义的丈夫啊。"

"男人都这么想，"朋友回答道，"可女人却并不这样认为……"

原来如此，朋友说得有道理。

阎罗殿内

高僧存觉上人曾在其所著《教行信证六要钞会本》中这样说道："世俗人所供奉的神明，大多为邪神。而皈依三宝[1]者，是不信邪魔外道的。信奉邪神而得利者，不久便可以领悟到，这种利有损无益，有时还可能招致不幸。"《日本灵异记》中记载的一个故事，便充分说明了这个道理。

圣武天皇[2]在位期间，在赞岐国[3]的山田郡，住着一个名叫布敷臣的人。布敷臣有一个独生女儿，名唤衣女。衣女原本是一个容貌清秀、身体健康的姑娘。可就在衣女十八岁那年，一场可怕的瘟疫袭来，衣女也不幸染上了疾患。布敷臣夫妇及亲戚朋友

---

[1] 三宝：佛教用语，即佛、法、僧。
[2] 圣武天皇：日本第四十五代天皇，724—749年在位，笃信佛教，在位期间兴建了多座佛寺。
[3] 赞岐国：日本古代的令制国之一，其领域大约为现在的香川县。

们为了让衣女康复，便向瘟神叩拜祈祷，并奉上祭品供养。

昏迷数日之后，有一天衣女突然醒了过来，在父母面前讲述了梦中的一幕。她告诉父母，自己在梦中见到了瘟神，瘟神对自己这样说道："你的家人为了给你治病，诚心向我祈祷，为我献上供奉，因此我愿意救你一命。不过，若想救你，便必须用另一个人的性命做交换。你是否知道与你同名的姑娘？"

衣女想了想，在梦中回答道："我知道，在鹈足郡有一个姑娘也叫衣女。"

"那你带我找到那个姑娘！"

说着，瘟神拍了一下衣女的肩膀，衣女便坐起了身，与瘟神一起轻飘飘地飞向了天空，转眼间便来到了鹈足郡，站在了另一位衣女家的门前。此时虽已入夜，但这家人还尚未就寝，衣女正在厨房里洗涮着什么。

"就是这个姑娘。"山田郡的衣女说道。

于是，瘟神从系在腰间的赤色行囊中，取出了一根像凿子一样又长又尖的东西，闯入屋内，将那东西刺进了鹈足郡衣女的前额。那姑娘顿时痛苦地倒在了地上。就在这时，山田郡的衣女奇迹般地苏醒了过来，并将梦中遇到的事情一五一十地告诉了父母。

然而，山田郡的衣女刚刚将事情讲完，便再一次陷入了昏迷之中，三天三夜人事不省。见此情形，父母整日长吁短叹，几乎就要绝望了。可就在这时，女儿再一次睁开了眼睛，嘴里想要说些什么。她坐起身,环视了一下家中,激动地大喊道:"这不是我的家!你们不是我的爹娘!"说着,便从屋里跑了出去。

这件事,说来也真是离奇。

鹈足郡的衣女被瘟神刺死之后,她的父母悲痛欲绝,请来当地寺庙的僧人为女儿办了场法事后,便将她的遗体送到村外火化了。鹈足郡衣女的魂魄来到阴间,被带到了阎罗殿内。可谁知阎王打量了她几眼后说道:"这是鹈足郡的衣女,她阳寿未尽,现在还不该到这里来。快将她送回阳间,将另一位山田郡的衣女带来!"

听了这话,鹈足郡的衣女在阎王面前哭诉道:"大人,小女子已死去三日,肉身都已经被火化了。若此时被送回阳间,我该如何是好?我的肉身已经化为烟尘灰烬,哪里还有可以让我还魂的躯体呢?"

听到这话,阎王回答道:"这你无须担心,我会将那山田郡衣女的肉身赐予你,她的魂魄很快便会来到我这殿内。这样一来,你不必为失去自己从前的肉身而难过,新的肉身比你从前的更好、更健康。"

阎王刚一说完,鹈足郡衣女的魂魄便附到了山田郡衣女的身体上,再次回到阳间。

那山田郡衣女的父母，看到自己家病重的女儿醒来起身便跑，嘴里还大喊着"这不是我的家！"，心中惊诧不已，还以为女儿疯了。他们一边在女儿后面追赶，一边喊道："衣女，别跑了！你是要去哪儿呀？你的病还没好呢，这样跑身体会受不了的！"

可衣女却摆脱了父母的追赶，一刻不停地向前跑去。她一直跑到了鹈足郡，来到刚死了女儿的那户人家。她进了屋，看到两位老人，便哭泣着说道："啊，真是太好了，我又回到自己家了！爹，娘，你们都还好吗？"

可两位老人却并没有认出她来，以为她是哪里来的疯姑娘。尽管如此，老母亲还是亲切和蔼地向她问道："孩子，你是从哪儿来的呀？"

"我是从阴间回来的，娘，我就是衣女，是您的女儿呀！我前几天死了，不过现在又活了过来，只是换了一副新的肉身。可我的确是您的女儿呀，母亲！"说着，衣女便将自己的遭遇从头到尾地讲述了一遍。父母听了以后将信将疑，感到十分惊讶。

就在这时，山田郡衣女的父母也循着女儿的踪迹赶了过来。双方的父亲和母亲商量，让衣女重新讲述一遍这段经历，并且仔细询问她一些细节，见她全部对答如流，才确信她说的都是真的。

最后，山田郡衣女的母亲，也讲述了自家女儿病重期间所做的奇怪的梦，然后向鹈足郡衣女的父母说道："这姑娘身体里的魂魄是你们女儿的，不过她的身体却是我们女儿的。所以，这孩子是属于我们两家的。我们是否可以把她看成是我们两家共同的女儿？"

对于山田郡父母的这一请求，鹈足郡的父母欣然同意了。根据记载，后来，这个衣女同时继承了两家的财产。

据《佛教百科全书》的作者介绍，这个故事可在《日本灵异记》第一卷第十二页的左侧找到。

果心居士的故事

天正年间[1]，在京都的北边居住着一位名叫果心居士的老人。他留着长长的白胡子，一身装束看上去像是一位神官，平日里以展示佛画、向人讲经授法为生。每逢天晴之日，他便会来到祇园神社的庭院里，将一幅巨大的《地狱变相图》挂在树上。那画上描绘着地狱里的种种酷刑及惨烈景象，画工十分出色，一切栩栩如生，令人观之仿佛身临其境。人们聚集在画卷前驻足观看，果心居士便与他们交谈，向他们讲述因果报应的道理。他用随身携带的如意指着画面，逐一详细地讲解地狱中各种酷刑的细节，引导人们皈依佛法，一心向善。前来赏画听法的百姓络绎不绝，有时候果心居士身前用来收功德钱的草席，都被人们丢出的铜钱给淹没了。

---

[1] 天正年间：指1573—1592年这段时期，"天正"为日本第106代天皇正亲町天皇和第107代天皇后阳成天皇的年号。

当时，正值织田信长[1]统御京都及周边诸国。他手下有一个姓荒川的家臣，某日来到祇园神社参拜，看见了悬挂在那里的地狱图。后来，有一次他在主公织田信长的府邸里提起了这件事，信长听了以后对此颇感兴趣，便下令传果心居士立即携带那幅画卷前来觐见。

信长一见到那幅画卷，内心便被那栩栩如生的画面所震撼。那恶煞魔鬼、牛头马面，以及坠入地狱受到惩罚的亡灵们，似乎就呈现在他眼前。画面当中的哀鸣声、呜咽声仿佛就回荡在他耳边。血海滔天，似乎就要奔涌出画面。信长不禁用手指摸了摸画面，想看看上面是否已被鲜血浸透。他看了看自己的手指，上面并没有沾上血迹，画面依旧是干的。信长十分惊讶，忙问这幅画是何人所绘。果心居士回答道，此画乃著名画家小栗宗湛行过百日斋戒，在清水寺的观世音像前祈得灵感后绘制而成的。

善于察言观色的荒川，在看出信长对这幅画十分渴望后，便问果心居士，是否打算将此画卷奉献给信长大人。老人听了以后，十分坦然地回答道："这幅画，是我拥有的唯一一件宝物。平日里我将它展示给众人，并以此赚一些银两度日。如果把它奉献给

---

[1] 织田信长：日本战国至安土桃山时代的著名武将、大名，日本"战国三杰"之一，一生致力于结束乱世、重塑封建秩序。

了大人,我便失去了生活的依靠。如果大人无论如何都想要得到这幅画卷,那么就请向我支付一百两黄金将它买下。我有了这笔钱,便能够做些小生意。否则的话,我是不可能让出这幅画卷的。"

信长听了老人的话之后非常扫兴,却也没有再说些什么。荒川则附在信长的耳边,嘀嘀咕咕地说了几句话。信长立刻满意地点了点头,随后便赏了果心居士几个小钱,将他打发走了。

待老人离开信长府邸之后,荒川便偷偷摸摸地跟在了老人的后面。他想用阴险的手段夺取老人手里的画卷,不久他便得到了下手的机会。果心居士选择了直通城外山上的小路。就在老人走到山脚下一个行人稀少的转弯处时,荒川从后面赶了上来。他拦住了老人的去路,对老人说道:"你好大的胆子,一张破画竟然敢要一百两黄金的高价,老子这就让你尝尝这三尺铁家伙的厉害。"

说着,荒川拔出了刀,将老人砍死并夺走了画卷。

第二天,荒川便将画卷献给了织田信长。那画卷还是前一天果心居士离开时卷起来的,未再打开过。信长下令立即将画卷悬挂起来。谁知,刚一把画卷展开,信长及家臣们便大吃一惊。打开的画卷上一片空白,什么也没有。荒川惊得哑口无言,实在无法解释为何如此。但不论是否故意,荒川均已构成了对主公的欺骗,因而受到了惩罚,被判处监禁一段时日。

就在荒川刑期即将结束之时,有消息传来,果心居士在北野神社的庭园里展示那幅《地狱变相图》，并向人们讲解画面上的内容。荒川听到这一消息后，简直无法相信自己的耳朵。不过，这令他心中又生一念：这次无论如何也要将那画卷弄到手，以弥补自己前一次的过失。于是，待刑期一满，荒川便马上召集属下众人，赶往北野神社。可是等他们到达后，果心居士早已经离开了。

几天之后，又有消息称，果心居士在清水寺展示画卷，并向围观众人传播佛法。于是荒川又赶忙前往清水寺。可这次他又来迟了一步，正赶上围观的群众开始四散离去，果心居士已然不见了踪影。

终于有一天，荒川在一个小酒馆里与果心居士不期而遇。他当场将老人逮捕，然而老人却笑着说道："放心，今日我会听命和你走，只是能否请你稍等片刻，让我再喝上几杯酒？"

荒川并没有表示异议，答应了老人的请求。于是果心居士在众人惊讶的目光下，痛饮了满满十二碗酒。在喝完第十二碗酒后，老人表示已经感到满足了。于是荒川将老人用绳索捆住，押送到了主公信长的府上。

在府内的公堂上，果心居士受到了法官的审问和严厉的斥责。最后，他们对果心居士宣布："你利用妖法施展邪术，诓骗迷惑民众，证据确凿。仅此一项罪名，便应当将你严惩。不过，如果你肯立刻将那幅画卷呈献给信长大人，便可对你从轻发落。否则，必将严惩不贷。"

面对威胁，果心居士的脸上浮现了一抹神秘的微笑，他在公堂上这样回答道："欺骗世人者并非是我，"老人随后转过身，面向荒川大声斥道，"你才是个骗子！正是你，为了得到那幅画，向主公献媚，便对我痛下杀手，将画卷抢走。你才是真正的罪大恶极。幸运的是，我躲过了那一劫。如果我真的被你杀害，还不知你会编造什么样的谎言来掩盖自己的罪行呢！不管怎么说，那幅画就是被你偷走了，我现在拿在手里的，不过是一幅仿作。然而你偷走了画卷后，又舍不得将它奉献给大人。为了将那幅画据为己有，你向大人献上了一幅空白的画卷，还嫁祸于我，污蔑我以假乱真欺骗了你。那真正的画卷在哪里，我根本不知道，也只有你，才对此心知肚明吧！"

听了果心居士的话，荒川气得暴跳如雷，朝着果心居士猛扑而去。如果不是守卫的武士阻拦，果心居士定会被荒川痛打一顿。看到荒川如此气急败坏，负责审查的法官觉得他必是心中有鬼，遂下令暂且将果心居士押进牢房，转而开始审讯起荒川来。而荒川本就不善言辞，生了气更是说不出话来。他张口结舌，说出的话前言不搭后语，还无意中承认了谋杀果心居士一事。于是，法官下令对荒川施以杖刑，打到他吐露全部真相为止。然而荒川却是有口难辩，最后被打得皮开肉绽，只剩下一口气晕倒在地上。

身在牢房里的果心居士听了以后哈哈大笑，随后对狱吏说道：

"你听我说,那个荒川是个十足的无赖。为了惩戒他的恶行,让他改邪归正,我才故意设计让他吃些苦头。现在请你告诉法官,那个荒川的确不明真相。有关事情的来龙去脉,我可以做出详细的解释。"

说着,果心居士再一次被带到了法官的面前,他这般陈述道:"一幅真正出色的画卷,必然有它自己的灵魂。它有着自己的意志,可能会拒绝离开赋予它生命的画家或是正当拥有它的人。关于名画有灵这一点,流传着许许多多真实的故事。众所周知,法眼元信所绘的屏风,因上面的鸟雀振翅飞走,而变成了一片空白;在另一幅轴画上画着的马,竟然每到夜晚便走出画面,来到院子里啃食野草。至于我手中的这幅《地狱变相图》,只要大人不能成为其合法的主人,打开画卷之后画面就会自动消失。但是,如果大人赐予我最初所求的一百两黄金,那么地狱图立刻就会回到画面上来。大人若不信,不妨亲自尝试一下。您大可不必担心,如果地狱图不回到画面上来,我立刻再将那百两黄金如数奉还便是。"

听完果心居士这番不可思议的话后,信长下令赐予他黄金百两,并亲自前来观看结果。画卷再一次在信长的眼前展开。令在场的所有人感到惊讶的是,画面分毫不差地重新回到了画卷上。只是颜色比从前显得略有些暗淡,而且画面上鬼魂恶煞的形象似乎也没那么生动了。敏锐地观察到这一变化的信长,向果心居士询问起其中的原因。对此，居士这样回答道："当初您看到这幅画时，它尚是无价之宝。而您现在看到的画面，就只值您付出的那一百两黄金了，不会再呈现出更美妙的景象。"

听到这话，在场的所有人都觉得，如果继续与这位老人作对，非但徒劳无功，反而有可能招致更加可怕的后果。于是，他们立即释放了果心居士。至于荒川，他受到的惩罚已远超他的罪行应得的，于是他也得到了赦免。

荒川有一个弟弟名叫武一，此人同是一名武士，也是织田信长的家臣。他对自己的兄长因果心居士而挨打并被关进牢狱一事心怀怨怼，决意杀死果心居士，为兄长报仇。果心居士被释放后，便来到了一家酒馆饮酒。武一紧随其后，一刀将果心居士砍倒在地，并割下了他的头。随后，武一又将那百两黄金夺走，将金子和老人的头用一块布包好，得意扬扬地回到了家中，准备将其献给自己的兄长。然而，当武一打开布包时，却发现里面哪有什么黄金和人头，只有一个空葫芦和一堆粪便。更让荒川兄弟感到惊愕的是，听说酒馆里的那具无头尸身，也不知何时消失无踪了。

果心居士去向不明，就此杳无音信。直到大约一个月之后，有人发现在信长的府邸门外躺着一个醉汉。随后一名家臣认出来，这鼾声如雷的醉汉，正是果心居士。由于举止无礼冒犯大人，果心居士便又被关进了大牢。但他却仍然没有清醒过来，而是在牢中连睡了十天十夜。那鼾声之大,老远都能听见。

就在这个时候,信长遭部下武将明智光秀[1]叛变而死。光秀夺取了大权后,其统治仅仅持续了十二天。

光秀执政期间,有人向他提及果心居士之事,于是光秀下令将果心居士从牢房里放出,带到自己面前来。光秀亲切地同果心居士交谈,将他奉为上宾,并设宴款待。待老人吃喝完毕后,光秀问他:"听说您天生好酒量,不知您一顿能喝多少酒?"

果心居士听了以后回答道:"我也不知道自己一顿能喝多少酒,只是如果感到了几分醉意,便不再继续喝下去。"

于是,光秀取来一只大酒杯,放在果心居士的面前,令侍从为老人斟酒直到老人喝够为止。果心居士一口气喝了十杯仍不满足,侍从回话说酒坛已经空了。在座的人无不为居士的酒量感到惊讶。光秀问果心居士:"您还没有喝够吗?"

果心居士回答道:"够了,我已经感觉到了几分醉意。为了感谢您的款待,我打算为在座诸位献上一段表演,请注意瞧那个屏风。"

说着,居士指了指面前那幅巨大的八折屏风。屏风上绘着著

---

[1] 明智光秀:日本战国至安土桃山时代的武将,曾为织田信长手下的重臣。于1582年6月起兵反叛,致使织田信长自焚于烈火中,史称"本能寺之变"。

名的近江八景[1]。所有人都目不转睛地注视着那个屏风。只见八景之中,有一景描绘着一个船夫在远处湖面上划着一条小船。那小船只占据屏风上不足一寸的空间。果心居士向那条小船的方向徐徐招了招手。于是,众目睽睽之下,那条小船竟掉转船头,向着画面前方驶来。随着小船的驶近,船身开始变大,船夫的面孔也变得清晰可见起来。船越靠越近,船身也变得更大了,最终停靠在了众人的面前。这时,湖水突然从屏风上一涌而下,漫延到整间屋子里,在一旁观看的人们急忙卷起了裤脚。很快,地面上的水便涨至齐膝深了。就在这时,只见那条船从屏风中划了出来,变成了一艘真正的渔船,连摇橹的声音都清晰可闻。屋里的湖水仍在继续上涨,已经没过了宾客们的腰部。渔船划到了果心居士的身旁,居士上了船,船夫便掉转船头,在众人的注视下,向屏风划了回去。随着船只远去,屋里的水位也开始下降,似乎退回到了画面之中。当船划过画面前景时,地面上的水已经干透了。可那船却并未停下,而是在屏风的湖面上越划越远,最后化成一个小点,消失在了水天之间。果心居士也随之消失不见,从此,再也没人在日本见过他。

---

[1] 近江八景:日本近江国(现滋贺县)的八处美景,分别为石山秋月、势多(濑田)夕照、粟津晴岚、矢桥归帆、三井晚钟、唐崎夜雨、坚田落雁、比良暮雪。

梅津忠兵卫

梅津忠兵卫是一位武艺高强的年轻武士。他曾侍奉于出羽国[1]的一个名叫户村十太夫的藩主。户村氏的主城建于横手附近的一座山上,侍从们的住处则组成了一个小镇,坐落于山脚下。

梅津忠兵卫被选派在城门口值夜勤。夜勤分为两个班,一班从日落值到午夜,另一班从午夜值到日出。

一次,梅津忠兵卫当值后半夜时,遇上了一件奇怪的事情。午夜时分,他在上山去接班的途中,走到通往主城的蜿蜒小路上最后一个拐角处时,发现有一个女人正抱着孩子站在那里,像是在等着什么人。三更半夜的,一个女人站在这人烟稀少的僻静之处,实在是有些蹊跷。梅津忠兵卫不禁想起从前有人说过,妖鬼会幻化成女人的样子来诱惑男人,然后取他们的性命。他暗自心忖:"眼

---

[1] 出羽国:日本古代的令制国之一,其领域大约为现在的山形县及秋田县,但不包含秋田县东北隅的鹿角市和小坂町。

前这女子看上去是人的模样,可实际上是人是鬼还未可知,我不得不防着点。"因此,当那个女人走到近前,似乎想要和忠兵卫搭话时,忠兵卫便不发一言,低头迅速地从那个女人的身边走过。谁知,那个女人竟张口喊出了忠兵卫的名字。忠兵卫吃了一惊,不由得停下了脚步。

只听那女子用一种异常甜美的嗓音对他说道:"梅津先生,我今晚遇到了一些麻烦,眼下正要去办一件棘手的事情,能不能请您帮我抱一会儿这个孩子?"说着,女人便将怀里的孩子递给了忠兵卫。

梅津忠兵卫从未见过这位年轻女子,他怀疑她那甜美的嗓音是一种魅惑人心的妖术,又怀疑这件事是她为了害人而设下的圈套。总之,一切越想越可疑。不过忠兵卫天性善良,觉得若是因为畏惧妖鬼便不去助人行善,实在不是真正的男子汉所为。于是,忠兵卫便默默接过了孩子。

"在我回来之前,请您帮我一直抱着这个孩子。"女人说道,"我很快就会回来。"

"知道了,我会的。"忠兵卫回答道。

之后,女人便立刻转身离开了小路,身姿轻盈、无声无息地跳下了山崖。那动作之飘逸、敏捷,简直让忠兵卫不敢相信自己的眼睛。

女子走了以后,梅津忠兵卫才低头看了看怀里的婴儿。那孩子小得可怜，看上去像是刚刚出生不久，在忠兵卫的怀里不哭也不闹。

过了一会儿，梅津忠兵卫觉得怀里的婴儿似乎长大了。他再次低头看了一眼——不，孩子没有长大，依旧躺在自己的怀里一声不吭，姿势也没有变。可是，自己为什么会觉得这孩子长大了呢？

就在这时，孩子忽然踢了忠兵卫一脚，这令忠兵卫瞬间明白了是怎么一回事。那孩子并没有长大，只是身体变重了许多。最初，那孩子只有七八斤重，然而渐渐地，他的体重就变成了原来的两倍、三倍、四倍……没过多久，便不止五十斤重了，而且还在变得更重，八十斤、一百五十斤、两百斤……忠兵卫知道自己上了当。那名女子根本不是人，这个孩子也不是。可是自己已经答应了人家的请求，作为一名武士，又怎么能够违背自己的诺言呢？无奈，忠兵卫只好尽力抱着孩子继续等待，尽管那孩子越来越重，二百五十斤！三百斤！四百斤！接下来会怎样，忠兵卫实在难以想象，可是他却丝毫也没有畏惧。他决心坚持到底，只要自己还有一丝力气，就绝不把孩子放下，五百斤！五百五十斤！六百斤！忠兵卫的两只胳膊开始剧烈地颤抖，可孩子的重量依旧在继续增加。

"南无阿弥陀佛，"梅津忠兵卫口中诵起佛号来，"南无阿弥陀佛，南无阿弥陀佛！"

当忠兵卫念完第三遍佛号时，他的手臂上忽然一轻，先前的重量竟完全消失了。他看了看自己空荡荡的怀抱，不觉惊讶地愣在当场。那孩子已然不翼而飞。然而就在这时，忠兵卫看到方才那个可疑的女子，以与离去时同样敏捷飘逸的动作又回到了自己的面前。女子气喘吁吁，头上布满汗水，两只衣袖都用束带扎起，像是刚刚辛苦劳作完毕。

"谢谢您，善良的梅津先生，"女人说道，"您在不知不觉中帮了我一个大忙。您有所不知，我是这里的氏神[1]。今晚有一位氏子，因产子困难而痛苦不堪，便向我祈祷，寻求帮助。谁知，生产的过程异常艰难，仅仅依靠我的力量，根本救不了她。为此，我特地来向您求助，希望借助您的勇气和力量。我交到您手上的，正是那还在母亲体内尚未出世的孩子。您最初感觉到婴儿重量增加，那是因为产门闭合，当时母子正处于危险时刻。后来，婴儿越来越重，几乎让您承受不住时，孩子的母亲已是命悬一线，全家人都流下了绝望的眼泪。幸好，您此时开始念起了佛号。当您念到第三遍时，无上佛力降临，产门旋即打开，那孩子顺利降生，母亲也奇迹般地得救了。您的善举，理应得到回报。对于一位崇尚武艺的武士来说，没有什么比强大的力量更加宝贵的了。因此，我将赋予您以及您的子孙后代无比强大的力量。"

说完，氏神便消失得无影无踪。

---

[1] 氏神，是日本氏族的祖先或者保护该氏族的神；氏子，则是该氏族祖先或者该氏族神的子孙后代。

梅津忠兵卫惊叹了一会儿，便继续前往主城当差。日出时分，他结束了自己的工作。像往常一样，忠兵卫打算在晨祈之前先洗漱一番。谁知，他刚要拧干手里的毛巾时，却惊讶地发现，那结实的毛巾竟然已经在自己的手里裂成了两半。他把断开的两截毛巾重叠在一起继续拧干，这回那毛巾就像湿纸片一样，再次断裂开来。接着他又将四截毛巾重叠在一起试了试，结果却依旧相同。不仅是毛巾，就连铜器铁器，到了他的手里，都像泥土一样一碰就碎。忠兵卫这才明白，氏神真的兑现了承诺，赋予了自己无比强大的力量。从那以后，忠兵卫在触碰任何物品时，都十分小心谨慎，唯恐自己的手指会将其碰碎。

回到家后，梅津忠兵卫便立刻打听起那天夜里谁家生了孩子。果不其然，就在自己经历那番奇遇的同时，有一个婴儿降生在他们镇上。而且，那位母亲生产的全部过程，也与氏神所讲述的内容完全吻合。

梅津忠兵卫的子孙们，也都和父亲一样，个个力大无穷，其中几位子孙更是成了有名的大力士。在我将这个故事写在书里的时候，忠兵卫的后裔依旧生活在出羽国。

兴义法师的故事

距今一千年以前，在近江国[1]大津城著名的三井寺里，居住着一位名叫兴义的僧人。兴义法师不但学识广博，还是一位著名的绘画高手。他画的佛像、山水、花鸟无不细致入微，尤其擅长画鱼。遇上晴天，只要有机会，兴义法师便会泛舟于琵琶湖上，请渔夫小心地捉上几条鱼。他将捕捉到的鱼完好无损地放入一口大水缸里，观察鱼儿游水时的各种姿态，并将其细细描绘下来。画完之后，他便给鱼儿喂些食饵，再将它们重新放生到琵琶湖中。渐渐地，兴义法师所画的鱼图声名远扬，有人不辞辛苦地从远方赶来，只为能够看一眼兴义法师画的鱼。

可是，在兴义法师所画的鱼图当中，最为出神入化的并非他的写生作品，而是他回忆自己梦境所画出的一幅鲤鱼图。有一天，兴义法师坐在湖边，观察着鱼儿戏水的情景，不知不觉竟然进入

---

[1] 近江国：日本古代的令制国之一，其领域大致为现在的滋贺县。

了梦乡。他梦见自己在水中和鱼儿一同嬉戏。待他醒过来之后，便将脑海中留下的梦中记忆画在了纸上，并将那幅画挂在了自己禅房的墙壁上，将之取名为"梦中之鲤"。

兴义法师对自己所绘的鱼图十分珍视，无论别人如何恳求，他都不会将其售出。如果是山水画和花鸟图，他倒乐得出手。他认为画中的鱼儿是有生命的，因而绝不肯让它们落入那些狠心杀鱼吃鱼的人手中。那些向兴义法师求鱼图的人，也都是些贪食鱼肉的家伙。因此，无论他们出多高的价钱，兴义法师都不为所动。

一年夏天，兴义法师病倒在了床榻上。不过七天七夜，他的病就急剧恶化，严重到口不能言、全身无力的程度，后来几乎没有生命迹象了。弟子们以为师父圆寂了，便为他做了场法事。待法事过后，准备下葬的时候，弟子们却发现兴义法师的身体并没有完全冷却，于是他们决定暂缓下葬，守候在师父旁边静静观察。就在那天的下午，兴义法师突然苏醒了过来，向守候在一旁的弟子们问道："我不省人事多久了？"

"已经超过三天了。"一位弟子回答道，"我们以为您已经圆寂了，于是今天早上邀请了您的友人和信众，为您办了法事。可仪式过后，我们发现您的身体仍有余温，便决定推迟下葬，果然您苏醒过来了。"

兴义法师点了点头说道："你们赶快去一趟平之助家，那里有几个年轻人正在大摆酒宴，为平之助庆祝生日。你们快去告诉他们,'兴义法师刚刚死而复生,请你们立即停止宴饮,来寺里见他,他有件奇事要说给你们听。'你们快去吧,去看看平之助和他的兄弟们,是不是真的如我所说,正在大摆酒宴。"

于是,一位弟子立即来到了平之助家,眼前的景象令他惊讶不已。正如兴义法师所说,平之助和弟弟十郎,还有仆人扫守三个人正在准备酒席,席间有酒有鱼。弟子将法师的话传达给三人,三人立即推迟开席,赶到了寺庙。兴义法师坐起身,热情地招呼三人坐下。互相寒暄了几句后,兴义法师对平之助说道:"我要问你一件事情,请你如实回答我。平之助先生,你今天是否从渔夫文四那里买过鱼?"

"不瞒您说,我的确从渔夫文四那里买鱼了。"平之助回答道,"可这件事您又是怎么知道的呢?"

"那么,下面我就告诉你。"兴义法师说道,"渔夫文四,今天提着一只鱼篓,里面装着一条三尺有余的大鱼进了你的家门。那时正值午后,你和十郎先生正在下棋,扫守吃着桃子在旁边观战,你说是不是?"

"没错,正是如此!"平之助和扫守十分惊讶,齐声回答道。

"扫守见到文四手里的大鱼,立刻决定将这条鱼买下,在付过鱼钱之后,又给了文四几个桃子,还请他喝了三杯酒。随后叫来了厨师,那掌勺的厨师见了这条大鱼后赞不绝口,接着便按照你们的要求,将鱼切成薄片,做成酒席上的一道佳肴。我说的这些,应该与事实完全一致吧？"

"是的，完全一致。"平之助回答道，"您对我家今天发生的事情竟如此清楚，这实在令我太惊讶了。我很想听一听，这些事情您到底是怎么知道的？"

"嗯，下面就给你们讲讲我的故事。"兴义法师说道。

"正如你们所知，所有人都以为我圆寂了，还为我举行了葬礼。不过就在三天以前，我的病还没有那么严重。当时我只是浑身乏力，感觉热得难以忍受，就想到外面透透风。我从床上起身，拄着拐杖来到了屋外——也许这些都是我的幻觉，事实究竟如何留给各位自己去判断，我只是尽力还原事情发生的全部经过——我走到屋外，呼吸到了新鲜空气，顿时感觉精神一振，浑身轻松了许多，就像冲出了笼子的小鸟一般。我信步而行，不久便来到了湖边。看到眼前那湛蓝的湖水，我不由得为之动心，索性脱掉了衣服，跳入水中畅游起来。患病之前，我的游泳技巧并不高明，然而那天却游得灵活敏捷，技巧娴熟，十分不可思议。

"或许诸位觉得我是在说荒诞的梦话，但还请耐心地继续听我讲下去。我一面为自己突然获得的游泳本领而惊叹，一面望着身边那些美丽的鱼群。我突然开始羡慕起鱼儿来，毕竟身为人类，无论游泳技巧多么高超，也不能像鱼儿那样，长时间地在水中畅游嬉戏。

"就在这时，一条非常大的鱼游到我的面前，口中发出人类男子的声音:'你的这个愿望,很容易就可以实现,请在此稍等片刻!'说完,那条大鱼便游走了。我一个人留在原地静静等候。不久,那条大鱼又从湖底游了过来,背上还驮着一个头戴冠冕,身穿华服的男子,看上去像是一位王子。那人对我说道:'我此番是来向你通报龙王大人的旨意。大人得知你向往鱼儿戏水之乐,又念你有好生之德,多年来挽救了不少鱼儿的性命,现特赐你一件金鲤衣。穿上它你便可以暂时化身为鱼,享受在水中畅游的乐趣。但你必须要小心,切不可吞吃小鱼或者鱼饵,不管它闻起来有多么美味。否则,便会被钓钩所伤,甚至被渔夫捉去丢了性命。'说完,男子便骑着大鱼消失在湖底深处。

"我低头看了看自己,发现身上长满了金光闪闪的鳞片,还生出了鱼鳍。我知道自己此时已经变成了一条金色的鲤鱼,今后能够像鱼儿一样,想去哪里便游到哪里。

"在那之后,我四处畅游,到访了许多风景名胜(在上田秋成的原作[1]中,此处引用了一些赞美近江八景的诗歌。——小泉八云按)。我时而看着碧色的湖水在阳光的照耀下闪动着粼粼波光,时而看着秀丽的山峦绿树倒映在静静的水面上……尤其是冲津岛

---

[1] 指的是日本江户时代后期著名文学家上田秋成编著的志怪小说集《雨月物语》中的《梦应鲤鱼》篇。

和竹生岛的美景,更是让我难以忘怀。有时,我会游到岸边附近,听一听人们的说话声,看一看他们的样子;有时,我在水中小憩,被由远及近的船桨声从梦中惊醒。到了夜晚,月色美不胜收,只是不免常被亮着灯火的渔船所惊扰。遇到雷雨天气,我便一直向下游,来到幽深绮丽的湖底嬉戏。然而,像这样在水中逍遥了两三天之后,我开始觉得饥肠辘辘。于是我又回到这一带水域寻找食物。就在这时,渔夫文四出来钓鱼。我看到垂入水中的鱼钩上,挂了美味的食饵。可我想起了龙王的警告,便赶忙转身游走了。我在心中告诫自己:'身为佛门弟子,无论如何也不可以吞吃那掺杂荤腥的食饵。'

"可是过了不久,我实在觉得腹中饥饿难忍。于是抵挡不住美食的诱惑,重新游回到了钓钩附近。我心想:'即使被文四捉住,他也不会加害于我的,我们是多年的老朋友了。'我无法将食饵从鱼钩上取下,闻着那扑鼻的香味,便再也忍耐不住,一口咬住了食饵。可就在这时,文四迅速收紧鱼线,将我捉了个正着。我对着文四大声疾呼:'不要这样,快将我放了!'可他似乎听不见我说的话,敏捷地将一条绳索穿过我的鳃,又将我扔进鱼篓,送到了你们家里。

"鱼篓被打开时,我看到你和十郎正在朝南的屋子里下棋,扫守边吃桃子边在一旁观战。见文四进来,你们三人立即跑到廊下,围着鱼篓瞧。你们看到我这条大鲤鱼,都欢呼了起来。我竭尽全

力冲着你们大声呼喊：'我不是鱼，我是兴义，是僧人兴义啊！你们快把我送回寺里去！'

"可是，你们却拍着手大笑，根本没有听见我说的话。接着还唤来厨师，把我带到厨房，粗暴地摔在了案板上。案板一旁放着一把磨得锃亮的菜刀，厨师左手按住我的身子，右手握起菜刀朝我砍去。我冲着厨师大声疾呼：'你怎么如此残忍！我是佛门弟子，救命，救命啊！'可他似乎没有听到我的话，手起刀落便将我开膛破肚。我感到一阵剧烈的疼痛，一下子惊醒了过来，却发现自己正躺在寺里。"

兴义法师一口气讲完了事情的经过，兄弟二人听了以后感到十分惊奇。平之助说道："听您这么一说，我想起来当时那条大鱼的鳃一直在不停地翕动着，仿佛是在说话，可是我们却什么声音也没有听到。我这就叫仆人，把家里剩下的鱼全都放生。"

不久，兴义的病便痊愈了。后来，他继续创作了许多画作。在他圆寂多年之后，一次他绘的鱼图不小心落到了湖里，那画中的鱼儿竟立即从纸上游了出来，游进水中不见了踪影。

镜之少女

　　足利幕府[1]时期，伊势国[2]南部的大河内明神社因年久失修，已濒临荒废。然而由于战争及其他原因，本地大名北畠公苦于财力枯竭，无法对神社进行修葺。于是，神社的宫司松村兵库便来到京城向大名细川公求助。众所周知，细川公是当时最有势力的大名，甚至可以左右将军的决策。细川公盛情款待了松村宫司，并且答应会将修葺神社一事禀报给将军。不过在幕府调拨修复神社所需要的资金前，尚需要一定时间进行相应的考察。细川公便向松村建议，在事情有个着落之前，不妨在京城逗留一段时间。于是，松村便在京极老街一带租下了一座宅子，将家眷全都接到了京城。

---

[1] 足利幕府：又称室町幕府，是1336年足利尊氏在京都室町建立的武家政权，覆灭于1573年。
[2] 伊势国：日本古代的令制国之一，其领域大致为现在三重县除去东部的志摩半岛，西部的上野盆地及南部的熊野地方东隅后剩余的中央大部分。

松村宫司租下的宅院宽敞气派，却一度长期闲置无人居住。人们都说那座宅院不吉利。宅院的东北角处有一口井，据说以往的住户当中，先后曾有数人不明不白地落井身亡。不过松村身为神社宫司，自然对鬼怪之说无所畏惧，反倒觉得新的宅院住起来颇为舒适。

那年的夏天，遇上了大旱。畿内五国[1]一连数月未下一滴雨。河床干裂，水井枯涸，甚至京城也闹起了水荒，唯有松村家院子里的那口井，却像往日一样井水充盈。那冰冷清透略带碧色的井水，像一股清泉不断地从地下涌出。炎热的夏天，京城里四面八方前来汲水的人络绎不绝。松村任由大家随意从井里取水，可那井水却源源不断，丝毫也不见枯竭的迹象。

可是就在一天早晨，人们在井里发现了一具尸体，死者是从附近宅院前来取水的仆人。此人为何要投井自杀，松村百思不得其解，不禁想起了有关那口井的一系列不吉利的传说。他怀疑，是有不为人知的邪魔在此作祟。为此，他来到井边，打算在水井的四周构筑起一圈篱笆墙。正当松村独自默默站在井边凝神细思时，突然被井水的波动吓了一跳，似是有什么活物出现在了井中。可

---

[1] 为京都周边的大和、山城、摄津、河内、和泉五国的总称。

那骚动瞬间便停息,井下重新恢复了平静。这时,水面上分明出现了一个二十岁左右年轻女子的倩影。起初,松村只能看到女子的侧脸,却也看出她妆容明丽,朱唇娇艳欲滴。接着,那女子蓦然回首,向着松村嫣然一笑。就在那一瞬间,松村心里一阵悸动,随后便如饮醇酒,感到头晕目眩。附近漆黑一片,黑暗之中只有那女子的微笑清晰可见。她那美丽的容颜,如月光一般皎洁惑人,仿佛要将松村诱入无底深渊。松村竭尽全身的力气,挣扎着控制住自己的意识,闭上了眼睛。待他再次睁开双眼时,女子的身影已经消失,附近重新恢复了光明。这时他才发觉,自己的大半个身子已经探进了井里。如果再迟疑片刻,继续被那令人心迷神醉的美色诱惑,松村恐怕已经无法重见天日。

松村回到家中,警告全家人无论如何都不可以靠近那口井,并下令不允许任何人再从井里汲水。第二天,松村在水井的四周构筑起了牢固的篱笆墙。

篱笆墙筑好大约一个星期后,旷日已久的干旱突然结束,一场狂风暴雨骤然而降。狂风夹杂着闪电,伴随着雷鸣,发出震天的怒吼,撼动着整个京城大地,像是发生了地震一般。大雨下了整整三天三夜,鸭川的水位猛涨,达到了前所未有的高度,多处桥梁被冲垮。到了第三天的夜晚,在草木皆眠的丑时,一个女人敲响了松村宫司的家门,请求让她进来。松村立刻想到了数日前井边的遭遇,他令家臣不许理睬那个女人,自己来到了门口问道:"你是谁?"

女人回答道:"请恕我冒昧!我叫弥生……请打开房门,我要面见松村先生,有要事相告……"

松村小心翼翼地把门打开了一条缝,只见门外之人正是那天在井里看到的娇美女子。不过这次那女子却不再微笑,表情看上去很是哀伤。

"你不许进来!"松村宫司愤怒地说道,"你并非人类,而是井里的妖怪。你为何要如此施展妖术,诱惑良民,强夺人命?"

井中女子用她清脆悦耳的声音开口道:"我到这里来,就是想向您说明事情的原委。我原本无意害人的,只是那口井里一直住着一条毒龙,它是井中之主,也正是因为它的存在,井水才长年取之不竭。多年以前,我不慎落入了那口井中,从此便被迫成了这条毒龙的婢女。毒龙驱使我用美貌将男子诱入井中,然后吸食他们的精血。只是,近来天神下达了诏令,让毒龙去驻守信浓国的乌井池,永远不得再返回京城。今晚待毒龙离去之后,我才得以从井里出来。我来到这里,是想求得您的帮助。井水现在已经几近枯竭,您若派人去井中搜寻,定能在那里找到我的尸骨。请您发发慈悲,赶紧将我的尸骨从井下打捞出来,事后我一定会重重地报答您的。"

说完,女人便消失在了黑暗之中。

黎明时分,暴风雨已经停息。日出过后,湛蓝色的天空万里无云。一大早,松村便请人到井底,寻找女子的尸骨。果然,原本涌泉不断的水井如今已经几近干涸。搜寻工作很快结束,人们在井底发现了一些古老的头饰和一面形状特异的镜子,只是岂止人的尸骨,就连一具动物的尸骸也不曾发现。

松村觉得,整件事情或许都与那面镜子有关。在他看来,每面镜子都有其神秘之处,有自己的灵魂,而且往往是女子的灵魂。这面镜子似乎年代十分久远,上面已是锈迹斑斑。松村命人将其细细磨光擦亮后,镜子上那些珍贵的纹饰才显露出来。镜子背面还雕刻着一些文字,其中多数文字已难以看清楚,但尚能依稀辨认出一行日期:三月三日。"三月"古时称为"弥生",意思是草木花朵日趋繁茂的月份。三月三日,至今仍是节日,被称作"弥生节"。松村想起来,那位井里的女子也曾自报姓名为"弥生"。于是他认定那天晚上的来访者,便是这面镜子的"灵魂"。

松村决定妥善安置这面附有"灵魂"的镜子。他命人仔细将镜子抛光,重新镀上一层银,用香木制作了一只小木箱,将镜子好好收藏在木箱里。又在家中布置了一个特殊的房间,将木箱置于其中。将镜子放入房间的当晚,松村一个人坐在书房里,忽然见到弥生的身影再一次出现在了自己的面前。她的美貌犹胜从前,那清丽的面容,宛如夏日夜晚透过云隙的月光一般柔和皎洁。

弥生面对松村郑重地行过礼后,用她清脆动听的声音说道:"承蒙大人您的恩情，把我从凄凉悲惨的地狱中解救了出来。今天，我是特地来向您表示感谢的。正如您所推测的那样，我就是那面镜子的'灵魂'。我第一次从百济来到京城，是在齐明天皇在位期间。从那以后，我一直在宫中侍奉。嵯峨天皇临莅时，我被送与了加茂的内亲王，之后便成了藤原家的传家宝。到了保元年间，时局动荡战乱不断，我不幸被人扔进了您家后院的那口井中。源平混战期间，我一直被遗弃在这井底，以致渐渐被人们所忘记。井的主人是一条毒龙，原本生活在这附近的一个大池塘里。后来为了在此处建造房屋，池塘便被填平了，那毒龙没了栖身之所，只好转而占据了这口水井。我落到井下以后，便沦为了毒龙的婢女。它逼着我引诱良民，强夺人命。所幸如今天神已经把那条龙永远地从这个地方驱赶了出去……

"只是小女子还有一个请求，就是希望您能够把我进献给足利义政将军，他和我从前侍奉的主人有些血脉上的渊源。这是我最后的心愿，若您能帮我实现的话，我一定会给您带来好运的。除此之外，我还要给您一个忠告：明日之后，这座宅院的房屋便会倒塌，大人您还是尽快换一个住处吧。"

说完，弥生便消失得无影无踪。

松村得此警告后，便立即携家眷和财产迁往别处。果然，松村一家刚刚搬走，暴风雨便再度袭来，而且比上一次来得更加猛烈，汹涌的洪水将松村之前所住的宅院夷为平地。

之后不久，在细川公的关照下，松村有机会得以谒见幕府将军足利义政。松村将这件奇闻的始末写成文书，连同那面镜子一起进献给了将军。果然，镜中少女的预言成了现实。见到这稀世贡品的将军大为欢喜，不但下令赐予松村众多奖赏，还亲自下拨重金，用来重建大河内明神社。

伊藤则资的故事

距今大约六百年以前,在山城国[1]的宇治郡,住着一位出身于平家的年轻武士,名叫伊藤带刀则资。伊藤仪表不凡、性情温和,又颇有学问,擅长武艺,只是他家境贫寒,无缘接触上流社会,因此前途渺茫。于是他索性投身于学问中,常与清风明月为伴,静静地过着自己的生活。

一个秋末的黄昏,伊藤独自漫步于琴弹山间,偶然遇见了一位同路的少女。那位姑娘衣饰华丽,看上去也就十一二岁。伊藤向她打了个招呼,随后问道:"天色已晚,这一带偏远僻静,人迹罕至,莫非姑娘是迷了路?"少女抬起头,睁着大大的眼睛笑了笑,毫不在意地说道:"不,我本是这附近一座府邸中的宫女,前面就是我的家。"

听那少女说自己是"宫女",伊藤心想,她一定是在哪位身份

---

[1] 山城国:日本古代令制国之一,属京畿区域,为五畿之一,位于今京都府南部。

高贵的人家侍奉。可又一想，自己从未听说过这一带住着什么显赫人家，心里不觉感到奇怪。他对那姑娘说："我要回宇治的家中，正好顺路送姑娘一程，这一带人烟稀少，你要多加小心。"

那姑娘听了伊藤的话非常高兴，大大方方地向伊藤道了谢。两个人一路同行，边走边聊了起来。姑娘很是健谈，不仅聊起了天气、花鸟、蝴蝶，还谈到自己曾经在宇治游览时的所见所闻，以及自己家乡京城的美丽景色。伊藤听得兴致盎然，不觉度过了一段美好的时光。不久，道路转了个弯儿，两个人一同走进了一个被茂密森林包围着的小村庄。

（故事讲到这里我要打断一下，谈一谈日本的小村庄。在日本，即使阳光明媚，烈日当头，小村庄里却依然一片昏暗。那景象如果不是实际体验过，根本无法想象。即使在东京附近，也有许多这样的小村庄。出了小村庄，荒郊野外找不到一户人家，只有茂密的常青树林。林中多为杉树或竹子，它们保护村庄不受暴风的侵袭，并且成为各种建筑用材取之不尽的源泉。那里树木排布十分紧密，行人根本无法通过。高大的杉树像一根根桅杆耸入云霄。茂密的树冠形成一个巨大的屋顶，挡住了阳光。稻草葺顶的乡下房屋，大多建造在人为开辟的空地上，成片的杉树林像一堵高大的墙紧紧地环绕在四周。丛林之间的屋舍，即使是白天光线也十分昏暗。这种村庄乍一看上去便让人觉得有些不安。倒不是笼罩在村庄上空那透明的昏暗所致，这种幽昧本身也有一种独特的魅力。实在是因为太过岑寂，才令人心中惴惴。村庄里即使有五十乃至上百户人家，也看不到一个人影。只能偶尔听到几声鸟叫、鸡叫或是蝉鸣。甚至连蝉也觉得这林中太过昏暗，声音变得有气无力。生来喜爱日照的蝉，或许更应该来到村外的树梢上。

说到这里我差点儿忘记，林中有时还会传来织布机的"咔嚓咔嚓"声。可就是这司空见惯的机杼声，到了幽深寂静的树林里，听起来也像是有什么妖精在作怪。村庄里之所以悄无声息，主要是因为村民们大多不在家。除了身体羸弱的老人，几乎所有的成年人都到附近的田地里干活去了，连妇女们也要背着婴孩劳作。稍微大一点的孩子，多数都去了一里外甚至更远处的学堂上学。事实上，置身于这样幽暗寂静的村庄里，不禁让人想起《庄子》一书中描绘的景象："古之畜天下者，无欲而天下足，无为而万物化，渊静而百姓定。[1]"——小泉八云按）

伊藤和少女来到村里时，太阳已经落山了，天空中仅余的几缕余晖也被茂密的树荫所遮挡。

---

[1] 原文中，作者引用的是英国汉学家理雅各（James Legge, 1815—1897）翻译的《庄子·天地》中的句子。

"多谢公子相送,接下来我要往这个方向去了。"少女指着路边一条分岔的小径说道。

"不必客气,我还是将姑娘送到府上吧。"伊藤说完,便和少女一同走上了那条小路。

前方一片昏暗,几乎看不见路。所幸,少女很快就在一扇小门前停下了脚步。黑暗中,隐约可见格子门的轮廓,里面透着些许亮光,看上去是一处住宅。

"这里便是我当差的府邸,"少女说道,"您既然来了,不妨进去稍事歇息。"

伊藤高兴地同意了。他一来为少女那毫不介意的邀请感到欣喜,二来也对这府邸主人的身份产生了好奇。不知是什么样的贵人,会在这般偏僻的地方居住呢?原本身份高贵之人,只因得罪了朝廷或是卷入政治纷争,才不得不隐居乡间,这样的事情也不鲜见。伊藤猜想,也许眼前居住在这座府邸里的人也是如此。少女打开门,伊藤跟着她走了进去。只见眼前是一座宽敞闲适、颇有意趣的庭院。院中布有假山池塘,还有一条小溪蜿蜒流过。

"请公子在此稍等片刻,容我向主人通报一声。"少女说完,便快步走进了房间。这房屋看上去是宽敞,不过显然有些年头了,应当不是本朝所建。房间的门虽未关上,可走廊前面悬挂着精美的竹帘,因而尽管屋内亮着灯,屋外的人却看不见其中的景象。只能看到竹帘上映出了一位女子的倩影。这时,夜幕之中忽然传来了一阵美妙的琴声,曲调轻快优美,宛如天籁,令伊藤简直不敢相信自己的耳朵。他凝神倾听,不觉间神思恍惚,周身被一种怡悦之感所包围。可有些奇怪的是,这怡悦中似乎还夹杂着几丝哀愁。究竟是什么样的女子,能够有如此绝妙的琴艺?或者说,演奏者究竟是不是女子?自己耳中听到的,果真是凡间的乐声吗?伊藤心中不禁涌出了一连串的疑问。那琴音中仿佛蕴含着某种奇特的魔力,随着音符潜入了伊藤的血液之中。

袅袅的琴音渐渐止息,伊藤这才回过神来,发觉之前那位年少的宫女已经重新回到了自己的身边。

"公子,您可以进来了。"说完,少女将伊藤引领至门口,让他脱下脚上的草屐。一位像是宫女总管的老妇人,正站在门口恭迎。随后,老妇人带着伊藤穿过数间房间,来到了最里面的一间宽敞明亮的大客厅。她恭恭敬敬地向伊藤行过礼后,将他请到了上席。

伊藤见这客厅装饰奢华气派,陈设样样精致华美,心中惊叹不已。不一会儿,一列侍女走了进来,为伊藤端上了茶点。只见所用杯盘碗盏,无一不是昂贵的稀世珍品,那上面的纹饰花样,亦彰显了主人身份之高贵。伊藤心中越发好奇,究竟是何等身份的贵人,竟选择隐居于这样偏远僻静的地方?又是经历了什么样的事情,才甘愿这般与寂寞为伴?

这时,老妇人突然开口,打断了伊藤的思绪。她问道:"阁下便是宇治郡的那位伊藤大人,伊藤带刀则资大人,我说的没错吧?"

伊藤不由得点了点头。他想到自己并没有对那位年少的宫女通报过姓名,不免惊讶不已。

"冒昧相询,还望大人见谅。"老妇人继续说道,"老妇我并非不知礼数,到了这般年纪,已经不会为不该有的好奇心而发问了。方才您一进门,我便觉得似乎在什么地方见过您。因为有些事情要告知大人,为打消心中的疑虑,故而先询问大人的名讳。事情是这样的,大人您经常路过本村,某日清晨我家公主偶然与您相遇,对您一见倾心。打那以后她便对您朝思暮想,日夜牵挂,以致相思成疾。这实在令我们忧心不已,为此,我们想尽办法探听到了您的名讳和住址。就在我们想要向您修书一封,讲明此事时,不料您竟随敝府的侍女一道主动登门,这实在是令我们欣喜不已。如此心想事成,我们是何等的幸运啊!想来,这定是那司掌姻缘的出云大神从中撮合的缘故。既然这命定的缘分将您带到了此处,若是不会给您增添什么困扰的话,您不会拒绝与我家公主一叙的吧?"

伊藤听罢,一时间不知该如何回答。若这老妇人所言句句属实,那可真是世间难得的良缘。想不到自己一介出身贫寒、前途难料的无名武士,竟能得一位身份高贵的公主倾心,令她不顾女儿家的矜持和两人身份地位的差距主动求爱。不过,利用女子的弱点来为自己谋求利益,实在是男儿的耻辱。更何况,这整件事疑点颇多，也令人心中有些不安。面对这样一个突如其来的请求，应当如何婉言谢绝，着实令伊藤颇感为难。

沉吟了片刻后，伊藤开口说道："倒是不会增添什么困扰，在下尚未娶妻，亦无婚约在身，与任何女子均无牵扯。多年来一直同父母居住，父母也未曾提过我的婚事。可必须向您说清楚的是，在下只是一介出身寒门的无名武士，身后也没有哪位贵人做靠山。因此在下打算在将来出人头地之后，再考虑婚姻大事。今日得贵府公主抬爱，着实不胜荣幸。只是在下深知自己身份低微，实在与贵府公主不相匹配。"

听了伊藤这一番话，老妇人似乎感到非常满意，她微笑着回答道："大人您别急着做决定，不妨先见见我们公主，也许您见了她，便不再有任何顾虑了。现在请您移步，随老奴去见公主。"

老妇人将伊藤带到了一间更为宽敞的客厅，那里已经备好了一桌酒席。老妇人将伊藤请到上座后，告诉他稍等片刻，之后便离开了。过了一会儿，老妇人伴着公主一起出现在了伊藤的面前。伊藤见到公主的第一眼，便再度体会到先前在庭院里听到那动人琴声时，心中涌现的难以言喻的惊奇与喜悦。即便是在梦中，伊藤也没有见过这般绝美的女子。她那莹润肌肤泛起的淡淡柔光，透过裙衫散发出来，宛如皎洁的月光穿透轻盈的云朵。那满头柔顺飘逸的黑发，随着脚步微微摇曳，像是被春风轻轻吹拂的柳枝。她柔嫩的唇瓣娇艳欲滴，好似犹带晨露的桃花。伊藤不觉为之神摇意夺，简直以为自己见到了天上的织女。

老妇人微笑着转过身来，对双颊晕红，低头不语的公主说道："公主您瞧，原本我们都不抱什么希望了，可偏偏就在这时，您朝思暮想的人却主动登门与您相见了。这定是上苍垂怜，有意撮合你们二人。老身一想到这些，都忍不住喜极而泣了。"

说着，老妇人语声有些哽咽。她用衣袖拭了拭眼泪，又继续说道："如今，你们二人若是情投意合，两情相悦的话，便即刻定下终身，在此拜堂成亲吧。"

伊藤一时语塞，不知说什么才好。他望着眼前容颜绝世的公主，不禁神思恍惚，为之舌结。侍女们端着美酒佳肴鱼贯而入，将喜宴布置停当，并服侍二人行过合卺之礼。伊藤仍有些心神不定，他还在为这不可思议的奇遇，和新娘那非比寻常的美貌而困惑不已。可同时他心中又涌出一股从未体验过的欢欣喜悦，全身都像是被无尽的宁静围绕着。许久，伊藤才渐渐平复了心情，可以神色自若地开口说话了。他从容不迫地端起酒杯，以谦逊有礼的态度，如实坦陈了压在自己心头的疑虑和恐惧。其间，公主始终如宁静的月光般，坐在旁边一动不动。她一直垂首不语，伊藤问她话，她也只是羞涩地微微一笑。

伊藤对老妇人说道："在下曾经经常一个人出来散步，不知多少次路过这个小村庄，却从不知这里竟有一座如此华美气派的宅院。自打进到贵府,在下心里始终有些疑问,为何身份如此高贵的一家人,却要屈居在这般偏远荒僻的山林里呢?如今,在下已与贵府公主约定终身,可却还不知贵府家主的名姓,这未免实在有些说不过去。"

听了这话,原本慈祥和蔼的老妇人脸上掠过一丝阴影。就连始终一言不发的新娘,也骤然面色苍白,像是感到十分忧愁。沉默了片刻之后,老妇人开口回答道:"看来,这件事不能再继续隐瞒下去了。如今大人您既已成为我们家族里的人,那无论如何老身也要将真相如实地告知于您。大人,其实我家公主,便是当年不幸罹难的三位中将平重衡[1]的女儿。"

听到"三位中将平重衡"这几个字,伊藤顿时如坠冰窟,遍体生寒,全身血液仿佛都凝固了。平重衡乃平家赫赫有名的武将、公卿,早在几百年前就已经辞世入土了。伊藤这时才明白,自己身边的一切,这房屋、华灯、婚宴,无一不是往昔的梦境。眼前的这些人也并非活人,而是已故之人的灵魂。

然而过了一会儿,伊藤周身的寒意渐渐消散,眼前的一切又充

---

[1] 平重衡(1157—1185):平安时代末期的武将、公卿和歌人,平清盛的第五子,母亲是清盛的继室二位尼(平时子)。其位阶原为从三位,后升为正三位,因此被称为"三位中将"。

满了魅力，甚至比之前更加令他迷恋。此时伊藤心中已然没有了恐惧之意，尽管新娘是亡灵，可他已经彻底被她迷住了。相传，娶鬼妻者亦必成鬼，可伊藤已经做好了赴死的准备。与其口出背弃之言或面露犹疑之色，令眼前的绝世佳人伤心蹙眉，他倒宁愿一死。新娘对他的爱慕痴情，他毫不疑心有假，因为若对方有意欺瞒，又怎会将真相和盘托出呢？脑中这些纷乱的思绪转瞬即逝，伊藤下定决心接受眼前的一切，就当自己是回到了很久以前的寿永[1]年间，被平重衡的千金选为夫婿吧。

"唉，真是不幸啊！"伊藤不由得叹道，"重衡卿那悲惨的结局[2]，在下也有所耳闻。"

"是的，当年我家主公确实死得惨烈。"老妇人啜泣着说道，"正如您所知，当时主公所乘的战马中箭而死，倒在了他的身上。

---

[1] 寿永：日本安德天皇和后鸟羽天皇的年号，时期为1182年至1185年。源平合战就发生在这一时期。

[2] 当年，平重衡率领的平家军在守卫京都府时，被源义经率领的源氏大军击溃。一个名叫家长的神箭手，一箭射倒了平重衡的战马，致使重衡被压在马下动弹不得。重衡大声呼唤部下牵来备马，可同行的部下却丢下主公，临阵脱逃了。重衡不幸被敌军俘虏，并被送到了头领源赖朝的面前。源赖朝将重衡押解至镰仓关押，在那里，重衡受尽了屈辱。后来，重衡诵咏汉诗打动了源赖朝，才因此得到了稍好的待遇。然而，因重衡此前曾受平清盛之命火烧南都几处寺庙，于是第二年，在南都僧侣们的集体请愿下，重衡被处死。（作者原注）

主公大声呼救，可那些平日里受他庇护的人，此刻却置他性命于不顾，纷纷逃走，致使主公沦为敌人的阶下囚，并被押送到了镰仓府。在那里，主公受尽屈辱，最终被判处极刑。当时，主公的夫人和孩子——也就是您眼前的公主，不得不隐姓埋名，避居乡野。因为一旦暴露平家人的身份，便会被抓走处死。主公的噩耗传来后，夫人痛不欲生，最终撒手西去了。此时，平家满门死的死，逃的逃，除老身以外，没有人在公主身边了。那年公主才刚满五岁，我身为她的乳母，自然肩负起了将她抚养长大的责任。年复一年，我们扮成行脚的尼姑，辗转各地，东躲西藏……唉，这大喜的日子，可不是说这些伤心往事的时候。"

老妇人拭去眼泪，接着说道："请大人原谅我上了年纪，总是爱念叨过去的事情。您看，这些年我精心抚育的幼女，如今已经出落成一位真正的公主了！若还是高仓天皇[1]在位的年代，不知道要嫁进多么高贵的人家呢。不过现在公主已经如愿以偿，觅得了佳偶，这便是最大的喜事了。时间不早了，新房已经布置停当，二位新人早些歇息，老身先告退了。"

老妇人站起身，打开了客厅与卧室之间的拉门，将新郎新娘请进了洞房，接着又说了许多祝福的吉祥话，之后便退下了。屋里

---

[1] 高仓天皇（1161—1181）：日本第八十代天皇，娶了平清盛之女平德子为妻。

只剩下伊藤和新娘两个人。

新婚之夜，伊藤问新娘："娘子是从什么时候开始，想要与我结为夫妻的？"

（这一刻，眼前的一切都显得如此真实，这让伊藤几乎忘了，自己一直是处于幻境之中。——小泉八云按）

公主的声音清甜婉转，好似莺啼："妾身第一次见到夫君，是在和乳娘一起参拜石山寺的时候。与夫君的相遇，令我原本平静的内心和生活骤然发生了改变。或许您并不记得，因为我们初次相见并不是在今生，而是在许多年以前的前世。这些年来，夫君经历了数次轮回转世，也有过多具相貌英俊的肉身，可妾身却始终容颜未改，一直是您现在看到的这样。因为钟情于夫君，妾身便不愿转世投胎，担心自己忘记对夫君的情意。为了与夫君再续前缘，妾身已经等候了几生几世了。"

听完新娘这番不可思议的告白，伊藤却丝毫没有感到恐惧。他只想在今后的余生里，甚至是几生几世里，与眼前这个女子长相厮守，肌肤相亲，聆听她的温柔爱语，其余再无所求了。

可惜春宵苦短，天空渐渐亮了起来，寺庙里传来了报晓的钟声。鸟儿在树上叽叽喳喳地叫着，晨风轻轻拂过，吹得树枝沙沙作响。忽然，老妇人推开了卧室的拉门，高声叫道："时辰已到，该道别了！日出之后，你们二人便不能在一起了，哪怕只耽搁片刻，大人都会有性命之忧。二位快些话别吧！"

伊藤没有说什么，沉默着理好了衣衫，准备离去。老妇人的警告意味着什么，他心里也隐约明白一些。可既然自己没有能力改变什么，那还不如将一切都交予命运。只要能够让幻境中的妻子开心满足，让他做什么他都愿意。

新娘将一方玲珑小巧、雕刻精致的砚台放在了伊藤的手中，然后说道："夫君饱读诗书、潜心向学，想必不会嫌弃妾身这点小小的心意。这方小砚造型别致，还是一件古董，乃当年高仓天皇赐予家父的珍宝，我一直将它珍藏至今。"

伊藤也将自己佩刀上的笄子[1]回赠给公主，让她留作信物。此物乃金银所制，上面还刻有梅花与黄莺的纹饰。

接着，先前那位小宫女便再次前来引路，送伊藤离开。新娘和老妇人也陪着一同来到了门口处。

伊藤走下石阶，转过身来正准备道别时，老妇人开口说道："下一个亥年的同月同日同一时辰，大人您便能够再与公主见面。今年是寅年，所以您要等上十年的时间。因为一些不便相告的缘由，您与公主不能再在这里相会了。我们将离开这里搬去京都附近，

---

[1] 笄子：在日本，笄分女用和男用两种。女子用的笄相当于发簪，男子用的笄则插在刀剑的鞘上，是整理头发和挠痒的用具。

那里住着高仓天皇以及我平家的列祖列宗，还有我们的许多族人。大人您若如期赴约，平家满门都将不胜欢喜。到了约定的日子，我们会派驾笼[1]前去迎接您。"

伊藤走出院门时，只见村子上空繁星闪烁。待他走到大路上时，却看到寂静田野的尽头，已经现出了一缕黎明的曙光。伊藤怀揣着公主所赠的信物，耳边仿佛还在回响着她那清甜的嗓音。可尽管如此，若非此刻仍半信半疑地用手指轻触着那方砚台，恐怕昨晚的一切就都只被他当作是一场梦，他还继续过着自己的生活。

可是，对于自己选择的这条不归之路，伊藤并没有感到丝毫的悔恨。如今，他只为分离而感到痛苦。一想到那幻境再次出现是在十年之后，他心中便觉得实在难以忍受。整整十年啊！这十年的每日每夜都该有多么难熬！至于为何要等十年后才能相见，这对伊藤来说又是一个不解之谜。亡灵世界里的种种秘密，恐怕只有神明才能知晓。

后来，每一次独自散步，伊藤都会重访琴弹山里的那个小山村。他总是怀揣着一丝希望，想要再次见到那个曾有过美好记忆的地方。可无论白天还是夜晚，他都再也没有找到那扇坐落于幽暗小

---

[1] 驾笼：日本大名和贵族的乘驾，类似中国古代的轿子。

路上的格子门。而那位独自行走在夕阳下的小宫女，伊藤也再没能遇见过。

村里人见伊藤总是来打听，都认为他是被鬼魂迷了心窍。他们都说，这个村子从来没住过什么身份高贵的人物，这一带也不曾有过他口中描述的那样的庭院。不过，伊藤打听的那个地方，倒是有一座很大的寺庙，而且在那寺庙的墓园里，至今还残留着几块墓碑。在茂密的灌木丛中，伊藤找到了那几块墓碑，均为中国古代的样式，上面覆满了地衣和青苔。碑上刻着的文字已经模糊不清，无法辨认了。

那段不可思议的经历，伊藤没有对任何人谈起过。可是他的亲戚朋友们很快便发现，他的形容举止发生了很大的变化。尽管医生诊断伊藤的身体并无问题，可他却渐渐面容枯槁，身形日趋消瘦，到后来，看上去简直像个幽灵了。伊藤本是一个喜欢独处、勤于思考的人，如今却对一切都漠不关心。就连以前希望借以出人头地的学问和功名，也完全被他抛到了脑后。伊藤的母亲想，或许儿子成了家，便能够重拾以前的雄心壮志，寻回生活的乐趣。可伊藤却一口回绝了母亲的安排，他说自己已经立下誓言，绝不娶世间的凡俗女子为妻。就这样，岁月渐渐流逝了。

时光荏苒，终于迎来了亥年。时值金秋季节，可向来喜欢散步的伊藤，却已经病得连出门的力气都没有了。他终日卧病在床，生命似乎即将走到尽头，却无人知晓他的病因。他长时间地陷入深沉的睡眠之中，常被人误认为已经离开了人世。

一个月色清朗的夜晚，一阵少女的说话声将伊藤从沉睡中唤醒。伊藤睁开眼睛，只见当年的那位小宫女正立在他的床边。十年前，就是这位少女，将他带到了那早已不复存在的庭院。她鞠了一躬，微笑着对伊藤说道："奉我家主人之命，前来禀告大人，主人已阖家迁往京都附近的大原居住。今晚特地派了一顶驾笼到此，接大人您前去。"说完，少女便消失了。

伊藤心知，这是一个有去无回的邀请，自己将再也看不到明天的太阳了。可是，他却为能见到自己朝思暮想的新娘而欢欣喜悦。他勉力从床上坐起，呼唤母亲过来。这时，伊藤第一次向母亲讲述了自己与新娘相识的经历，还给母亲看了那块砚台。他叮嘱母亲，务必要将这块砚台放进自己的棺材当中。说完，伊藤便没了气息。

那方砚台随伊藤的尸骨一同入棺下了葬。前来参加葬礼的人中，有一位深谙古玩的行家，他将那砚台仔细鉴赏了一番后说道："此物乃承安[1]年间所制，上面还刻有高仓天皇在位时某位工匠的名章。"

---

[1] 承安：高仓天皇的年号之一，时间为1171年至1175年。不过作者在备注中写的是1169年，那年是仁安四年，即高仓天皇即位的第二年。

《新形三十六怪撰・牡丹灯笼》 月冈芳年

近江八景

近江八景，又名琵琶湖八景，位于日本近江国（现滋贺县）。琵琶湖为日本第一大淡水湖，四面环山，邻近日本古都京都、奈良，与富士山一样被日本

《近江八景全图》 歌川广重

人视为日本的象征。这八处优美的风景分别为：石山秋月、势多（濑田）夕照、粟津晴岚、矢桥归帆、三井晚钟、唐崎夜雨、坚田落雁、比良暮雪。

责任编辑：胡　利
装帧设计：李英辉　史　丹

上架建议：外国文学·经典

定价：42.80元